ちくま文庫

茨木のり子集　言の葉

2

筑摩書房

目次

＊　詩篇

詩集　人名詩集　より

詩集　自分の感受性くらい

詩集　寸志　より

＊　エッセイ

茨木のり子集　言の葉　2

＊
詩篇

詩集　人名詩集　より

握手

手をさし出されて
握りかえす
しまったかな？　と思う　いつも
相手の顔に困惑のいろ　ちらと走って
どうも強すぎるらしいのである
手をさし出されたら
女は楚々と手を与え
ただ委ねるだけが作法なのかもしれない

ああしかし　そんなことがなんじゃらべえ
わたしは　わたしの流儀でやります

すなわち
親愛の情ゆうぜんと溢れるときは
握力計でも握るように
ぐ　ぐっと　力を籠める
痛かったって知らないのだ
ブルガリヤの詩人は大きな手でこちらの方が痛かった
老舎の手はやわらかで私の手の中で痛そうだった

スペイン

通りがかって　立ちどまり
動けなくなってしまった壺
裏をかえすと　MADE IN SPAIN
とつおいつ　迷いつつ
遂に三千円也を払って　大事に抱えた

ゆきずりに捨てがたい灰皿をみつけ
聞くと　これもスペイン製
愛着断ちがたく買って帰る
気がついたら　スペインのものが

次第に増えてきつつある
蠟燭立て　葡萄酒入れ　焼きの弱い雑器だけれど

フラメンコを観ると　心が波立つ
フラメンコ・ギターを聴くと血がざわめき
カスタネットのリズムに急速にあがる血圧
ホタには居てもたってもいられなくなり
いいよる踊りのファンダンゴ　あわわわわ
私に狂気をもたらしてくれる
たった一つのもの
どこで　どう　つながっているのか　いないのか

スペインの地名が好き
マラガ　バルセロナ　サンチャゴ　レオン
マドリッド　セビリヤ　トレド　コルドバ
バレンシア　ジブラルタル

そして　グラナダ……
行ったら　つまらない国だろう
ひどい国だろう　どこの国とも等しく
絶対に行かないさ
国に対する迷妄はすでに無い
ただ
心のなかに南スペインの白い太陽が輝くのをゆるす
アンダルシアの野に風が渡ってゆくのを見る
ジプシーの民話をくりかえし読む
オレンジが輝き
黒衣の女たちがレモネード啜る白い咽喉
小麦を束ねたような　ひきしまった胴の男が
未来永劫　女をたぶらかしにゆく夜を知る

嘘のスペイン？

いいえ
遠くで憶うスペイン　その中心には
ガルシア・ロルカが笑っている

わたしの叔父さん

一輪の大きな花を咲かせるためには
ほかの小さな蕾は切ってしまわねばならん
摘蕾《てきらい》というんだよ
恋や愛でもおんなじだ
小さな惚れたはれたは摘んでしまわなくちゃならん
そして気長に時間をかけて　一つの蕾だけを育ててゆく
でないと大きな花は咲かせられないよ

これこそ僕の花って言えるものは
夏休みに集った小さな子らに
彼は弁じたてていた
ろくすっぽ聴いてもいなかった小さな子らの
何人がいま覚えているだろう

光叔父さんは逝ってしまった　光りすぎたわけでもないのに
大輪の花はおろか　小さな花一つ咲かせずに
結核菌に　たわやすく負け
三十五歳の独身のまま
高名だけで手に入らないストレプトマイシンに憧れながら

サン・テグジュペリを読んでいたら
狐がしゃべくっている
「あんたが　あんたの一本のばらの花を

とても大切に思っているのはね
そのばらの花のために時間を無駄にしたからだよ」
似たような考えが人間の頭をよぎるものだ
二人は座敷わらしとナルシサスぐらいに違っていたのに
サザン・クロスのした
一人のアフリカの少年の心に
いま　ひらめいたかもしれない
同じような考えが
Le petit prince を読まなくったって

浄光寺

かしゃ　かしゃ　かしゃ　かしゃ
かしゃ　かしゃ　かしゃ　かしゃ
けなげであり
あたたかであり
単調であり
眠たげであり
わびしくもある音
かしゃ　かしゃ　かしゃ
西陣の機《はた》の音
傾きかけた木造の機室にぐるりと囲まれ

池大雅は眠っていた
　故東山畫隠大雅池君墓
親友の高芙蓉が安永年間刻した文字は
今見ても斬新である

京の町のひとびとは大雅のことを忘れていた
すっかり忘れはてていた
近くの寺の住職さえ　その所在を知らなんだ
よって
町なかの小さな浄光寺に辿りつくには
えらい難儀であったのだ

月明
金波銀波の　かがよう　みずうみ
一艘の小舟に　ひとりの童児
一本の笛に何をか托し　りょうりょうと吹く

洞庭秋月の図
空から音を取りつづける　無類の動き
墨ひといろのあでやかさ
キャパシティの大きさ
あとにもさきにも
これほどの線を見ることはないだろう
世界で三人の画家をと言われたら
私は一指を彼に折ろう

大雅の生涯を何年もかかって追跡してから
気持がばかにゆったりしてきた
生きている者誰からも開示されることはなかったもの
ひょんなことから伝授された
と
思いたいが　そうは問屋がおろさないか

折しも四月というのに
花を持ってくるのを忘れてしまった
彼なら意には介しないだろう
なぜともしらず感じられる
この墓の主のいま喜んでいてくれるのが
寺の庫裡からはすてきにいい匂いが流れてくる
法要でもあるらしく仕出屋の仕度する
吸いものの薫りでも　そはあるか
なんて人間くさいのだろう
このひとにぎりの墓地は
なんて賑やかなんだろう
池無名氏の墓は
西陣の機音にひねもす　あやされて

四月のうた

富山のことを富山県《とみやま》といっていた進は
歯医者になった
底辺のことを底辺《そこべ》といっていたとく子は
貫禄の母親になった
股旅ものを　たびまたものと称していた三郎は
戦死した
悲恋を悲恋《ひごい》　悲恋《ひごい》と連発していた悦子
先生となり
失望を失望《しつぼう》と読んで恬として恥じなかった私は
何になった？

たどたどしかった子ら　いっぱしの大人となり
さて　我が子の国語力の乏しさなんかを大いに歎く
記憶力のいい私はおかしくてならないのだ

あとからあとからおしよせてくる新しい波
くりかえしのように見えながら
その実　微妙な変化を見せながら
ほとばしりながら

たった三世代くらいの推移を
つぶさに見ているにすぎないが
できることなら見定めたいのだ
世代そのものの成長ということの
ありや　なしや　を

くりかえしのうた

日本の若い高校生ら
在日朝鮮高校生らに　乱暴狼藉
集団で　陰惨なやりかたで
虚をつかれるとはこのことか
頭にくわっと血がのぼる
手をこまねいて見てたのか
その時　プラットフォームにいた大人たち

父母の世代に解決できなかったことどもは
われらも手をこまねき

孫の世代でくりかえされた　盲目的に
田中正造が白髪ふりみだし
声を限りに呼ばわった足尾鉱毒事件
祖父母ら　ちゃらんぽらんに聞き　お茶を濁したことどもは
いま拡大再生産されつつある

分別ざかりの大人たち
ゆめ　思うな
われわれの手にあまることどもは
孫子の代が切りひらいてくれるだろうなどと
いま解決できなかったことは　くりかえされる
より悪質に　より深く　広く
これは厳たる法則のようだ
自分の腹に局部麻酔を打ち

みずから執刀
病める我が盲腸を剔出した医者もいる
現実に
かかる豪の者もおるぞ

大国屋洋服店

バスが停ると
老人はゆっくり目をあげる
仕事の手をやすめ　乗り降りする客に
目を遊ばせる

バスが学園前で停ると

老いたおかみさんも　ゆっくり目をあげる
仕事の手をやすめ夫とともに
乗り降りする客を　見るともなく見ている

仕事は仕立屋
成蹊学園の制服を日がな一日作っているのだ
バスが停ると　私もバスの中から老夫妻をみる
見る者はまた　常に見られるものでもある

嫁さんらしい人をみかけることはない
まして　ちらりともみえぬ　息子　孫の類
身ぎれいな老媼と老爺から
簡素な今宵の献立までが浮んでくるようだ

二人は二羽の蝶のように
ひらひら視線を遊ばせて　目を変化させてから

バスが走り去ると　また無言で
こまかい仕事へと戻るのだ

浄福といってもいい雰囲気を
醸しだしている二人だが
彼らの姿を見た日には
なぜか　深い憂いがかかる

憂いのみなもとを突止めたいと
長いこと思い思いしてきたが
みどりしたたる欅並木を横にみて
時五月　バス停り　風匂い　二人のまなざしに会ったときだ！

この国では　つつましく　せいいっぱいに
生きてる人々に　心のはずみを与えない
みずからに発破をかけ　たまさかゆらぐそれすらも

自滅させ　他滅させ　脅迫するものが在る

二人に欠けているもの
私にも欠けているもの
日々の弾力　生きてゆく弾み
みせかけではない内から溢れる律動そのもの

子供にも若者にも老人にも
なくてはかなわぬもの
その欠落感が
彼らの仕事の姿のなかにあったのだ

見知らぬ人

――ナセル・ディーンに――

アルジェリアの詩人に会った
背の高い　痩せた青年であった
言葉は互いに通じなかった
しかたなく二人はまじまじ見つめあってほほえんだ
〈私にとって父も母も見知らぬひと
小さな村も　隣人たちも……〉
かたわらで彼の詩を訳してくれたひとがあって

その短い一行が理解させた　私にとっての見知らぬひとを
酒も煙草ものまず　おそろしく質素なこの人は
またおそろしくのびやかな青年だった
日本にしばらくいて　再び放浪の旅に出るという
七月の雪渓から吹く風のようなものをこちらの心に残して

兄弟

〈じゅん子　兄ちゃんのこと好きか〉
〈すき〉
〈好きだな〉
〈うん　すき〉

〈兄ちゃんも　じゅん子のこと大好きだ
よし　それではっと……何か食べるとするか〉

天使の会話のように澄んだものが
聴えてきて　はっと目覚める
夜汽車はほのぼのあける未明のなかを
走っている
乗客はまだ眠りこけたまま
小鳥のように目覚めの早い子供だけが
囀りはじめる

お爺さんに連れられて夏休みを
秋田に過しに行くらしい可愛い兄弟だった
窓の外には見たことのない荒海が
びしりびしりとうねりつづけ
渋団扇いろの爺さんはまだ眠ったまま

心細くなった兄貴の方が
愛を確認したくなったものとみえる

不意に私のなかでこの兄弟が
一寸法師のように成長しはじめる
二十年さき　三十年さき
二人は遺産相続で争っている
二人はお互いの配偶者のことで　こじれにこじれている
兄弟は他人の始まりという苦い言葉を
むりやり飲みくだして涙する

ああ　そんなことのないように

彼らはあとかたもなく忘れてしまうだろう
羽越線のさびしい駅を通過するとき
交した幼い会話のきれはし　不思議だ

これから会うこともないだろう他人の私が
彼らのきらめく言葉を掬い
長く記憶し続けてゆくだろうということは

王様の耳

皆としゃべっているうちに
男たちのだんだん白けてゆくのがわかった
ある田舎での法事の席
気付けば満座は男ばかり
私一人が女であって
なにをか論じていたのであった
女たちは大きな台所で忙しく立ち働いている

私もちょこまかしなくちゃならないわけなんだが
船頭多くして船すすまずのありさまだから
悠悠の男たちのほうにまじっていたのだ
とりたてて生意気の論　ぶった覚えもないのだが
家父長連のこの尊大さのポーズはどうであろう
彼らの耳はロバの耳
見渡せば結構若いロバもいた
（驢馬よ　ゆるせ　これは比喩
　おまえたちの聴覚ははるかに素敵だろうと思うよ）

女たちは本音を折りたたむ
扇を閉じるように
行きどころのない言葉は　からだのなかで跋扈跳梁
うらはらなことのみ言い暮し
祇園の舞妓のように馬鹿づくことだけが愛される
老女になって　能力ある者だけが

折りたたんだ扇をようやくひらくことを許されるのだ
その権威は卑弥呼なみとなりおおせ
理不尽な命令にさえ大の男が畏る
悲しいかなや　折りたたまれいしもの
とりいだしたるとき黴はえて
その古び、如何ともなしがたし
親戚の周子さんをつかまえて
この地方の男たちを罵倒すれば
古い家の重圧のもと苦労を重ねているこの人は
仄白い顔をかたむけて　さびしく笑う
折にふれ　それは私も感じています
なにかの感想を洩らせば
ありうべからざることのように
へえんな　いやあな顔されて
でも考えようで
まだまだ私も若い証拠だと思って……

ムンクの「叫び」という一枚の絵に
ひどく惹かれると昔語ったこの人は
のどもとまで突きあげてくる叫びを
いまも圧し殺しつつ耐えているのか
女双六のあがりかた
いつまでも定石どうりとはいかないだろう
とまれ 私の出席したのは江戸中期の法事であったわ
男たち 白けなば 白けよ
言うべきことは 言わねばならぬ
私の住む都会では こういうことはないのだが
だが まて しばし
一皮剝けば同じではなかったか
茶化し せせら笑い 白け 斜にかまえ
鼻であしらうのが幾らか擬装されているにすぎぬ
女の言葉が鋭すぎても
直截すぎても

支離滅裂であろうとも
それをまともに受けとめられない男は
まったく駄目だ　すべてにおいて
そうなんだ
記憶の底を洗いだせば　既に二十五年は経過した
私の男性鑑別法その一に当ってもいた

吹抜保

心は　ぽかん
秋のそら
ぶらりぶらりの散歩みち
一軒の表札が目にとまった

吹抜保

ふきぬけたもつ　か
ふきぬきたもつ　か
吹抜家に男の子がうまれたとき
この家の両親は思ったんだ
吹抜という苗字はなんぼなんでも　あんまりな
親代々の苗字ゆえしかたもないが
天まで即座に　ふっとびそうではないか
この子の名には　きっかりと
おもしをつけてやらずばなるまい
吹抜保《ふきぬけたもつ》　いい名前だ　緊張がある
庭には花も咲いていて
一家のあるじとなった保氏は

なんとか保っているようだ
年はわからないが
たもっちゃん
ながく　ながく　保っておれ

箸

箸が流れよるのを見て
この川上には人が住んでいそうだな
上へ上へと遡ってみた素戔嗚尊の心は
なつかしい
へんに　なつかしい
追われて　荒んで

彼はよほどさびしかったんだろう
神話のなかに　ちらりあらわれ
いまもよるべく流れている箸
そこで出会った櫛名田姫が
ほんとうに美麗だったことを祈ります

里芋ころころ
子供はあわてて箸つきたてる
軽わざのように至難のことを
毎日くりかえしているうちに
いつとはなしに修得する
二本の棒を操って　すべてのもの食《は》む術を

食膳の中味は変り
盛るうつわ　木の葉から多彩に変り
鍋かこむ人数変り

燃やすもの　あれよと変り
よくもまあ箸だけは何千年も同じ姿で
二本まっすぐ続いてきたものと　驚くのだが
誰もべつに驚くふうもない
しみじみと
わが箸みれば　はげちょろけ

箸文化圏のどんづまり
弓なりの島々に　また　秋が　きて
　　何億年目の秋なんだ？
しょっぱい漬物つまみあげ
渋茶を啜る信濃びと

杉箸を　ぱちん　と割って
なんのふしぎもなく
私も煮えている〈きりたんぽ〉のなかから

さまざまをひろいあげる
パンタロンなる　らっぱずぼんを穿いて
やたら怪気炎をあげている
またいとこの
受け皿へ

居酒屋にて

俺には一人の爺さんが居た
血はつながっちゃいないのに　かわいがってくれた
爺さんに小さな太鼓をたたかせて
三つの俺はひらひら舞った
ほんものの天狗舞いが門々に立つようになると

こぶしの花も咲きだして
ようやく春になるんだったよ

俺には一人のおふくろが居た
八人の子を育て　晩年にゃ五官という五官
すっかり　ゆるんではてて
ずいぶんと異な音もきかされたもんだっけが
おかしなおふくろさ
深刻なときも鼻歌うたう癖あってなあ

俺には一人の嬶《かか》が居た
どういうわけだか俺を大いに愛《め》でてくれて
いやほんと
大事大事の物を扱うように
俺を扱ってくれたもんだ
みんな死んでしまいやがったが

俺はもう誰に好かれようとも思わねえ
いまさらおなごにもてようなんざ
これんぽんちも思わねえど
俺には三人の記憶だけで十分だ！
三人の記憶だけで十分だよ！

へべれけの男は源さんと呼ばれていた
だみ声だったが
なかみは雅歌のようにもおもわれる

汽車はもうじき出るだろう
がたぴしの戸をあけて店を出れば
外は
霏霏の雪
いくばくかの無償の愛をしかと受けとめられる人もあり

たくさんの人に愛されながらまだ不満顔のやつもおり
誰からも愛された記憶皆無で尚昂然と生きる者もある

売れないカレンダー

英一氏から長距離電話である
開口一番
「いったい　ぜんたい　毎日何をしとるだや？」
なにをしとるも　かにをしとるもない
　ワタシハ生キテオル　と答える
「僕は思うんだけどね
万博まであと何日と　やたらに日数を数えたように
自分の寿命をあと何日と

換算したカレンダーがあってもいい筈だよな」
ふム　ふム
死刑執行日は明日かもしれないが
まあ　すんなり　平均寿命に従って
年齢に応じた日数割ね
「今のカレンダーは未来永劫
自分の命の続きそうな錯覚を売っておる
自分の命数あと何日というカレンダーがあれば
まちっと人も　ましに生きられるんではあるまいか」
アイデア悪かぁないけれど
そんなカレンダー
おそらくたったの一枚も売れないわ
もやっと不分明なところに味もあろうというもの
欲しければ自分で作るんですナ
「おお　さ
計算だけはしてみたぜ

僕が七十まで生きるとして
日割りにすると一万日ちょっと
驚くなよ　食べられる夕食もまた
あと　たったの一万食！」
ふうん　そうなるの
多いような　少ないようなね
でもいいじゃない
なま身で永遠に生き続けなければならないとしたら
それは人間にとって考えられる限りの
一番苛酷な刑罰だわ
八百比丘尼も人魚の肉ひとひらつまんだばっかりに
八百年も生きちまって
しまいにはほとほといやになったらしいわよ
「おい　姉さん！
そんなわけであるからして
だんなにも不味いものばかり

食わせておるではないぞ」
　そこで電話はガチャンと切れた

知

H_2Oという記号を覚えているからといって
水の性格　本質を知っていることにはならないのだ

仏教の渡来は一二一二年*と暗記して
日本の一二〇〇年代をすっかり解ったようなつもり

人のさびしさも　悔恨も　頭ではわかる
その人に特有の怒髪も　切歯扼腕も　目にはみえる

しかし我が惑乱として密着できてはいないのだ
　知らないに等しかろう

他の人にとっては　さわれもしない
どこから湧くともしれぬ私の寂寥もまた

それらを一挙に埋めるには　想像力をばたつかせるよりないのだろうが
この翼とて　手入れのわりには
勁くなったとも　しなやかになったとも　言いきれぬ

やたらに
わかった　わかった　わかった　と叫ぶ仁《ひと》
わたしのわかったと言い得るものは
何と何と何であろう

不惑をすぎて　愕然となる

持てる知識の曖昧さ　いい加減さ　身の浮薄！
ようやく九九を覚えたばかりの
わたしの幼時にそっくりな甥に
それらしきこと伝えたいと　ふりかえりながら
言葉　はた　と躓き　黙りこむ

＊皇紀

トラの子

氷雨のふる日に
金子光晴氏は初めて我が家を訪れた
狭心症の症状を語り

あと二、三年はもつでしょうかと問うた
医者である夫も答えようがない
したい仕事が多くあり
あと少々の寿命は欲しいところだという
すばらしい長距離ランナーを迎えて
ジュースやスポンジの代りに
抹茶をさわさわ泡だてれば
風流ですね　と言いつつも
「僕は鼻がばかだからね
便所のなかで蕎麦くってみせてやるんだ」
「薬マニアだから　何でも飲んじゃう
畳の上にころがってるやつを
ポイと口にして　あとで見たら　これが
子宮収縮剤でね
薬のほうが驚いたろうと思うんだ
入ってはみたものの」

「いや　子宮といえども筋肉ですから
金子さんの筋肉のどこかは縮めたでしょう」
かかる珍問答の続いたあげく
シェーファーの太い万年筆を忘れていかれた
それは我が家の新聞入れの底に
知られず一週間　眠っていた

しばらくたって私が金子家を訪うた
やはり寒い日
北むきの三畳間には硬炭が律儀に燃えていた
黄色と茶色のおもいきり太い毛糸で
ざくざくと編んだセーターを着て
金子さんは可愛い虎の仔のように坐っている
「どうです　この頃　やってますか？」
ときかれるのは　つらい
やっていると言っても嘘になり

やっていないと言っても嘘になる
「無為にして　為さざるなし
このあやうい反語的世界を　その本義において
エネルギッシュに生き抜いてみせてくれたのは
金子さんではありませんか
一九七〇年代においても　それは可能か
可能であるとすれば　どんな形でか
目下ひょいひょい　そのことを
しかしかなり深いところで思案中です」
と言えば　いくらか正確な答になりそうだが
声に出せば気障もいいところ
「えへへ　怠けております」
と髪でもうしろにかきあげるよりない
忘れものを返して辞すとき
「どうぞ　そのまま」と言ったのに

金子さんはすっと立って玄関まで送りに出た
見れば下はウールの着物である
煉瓦いろのおこしのようなものも　ちらちら
その上にゆったりと虎のとっくりセーターである
マキシと言わんか
（いやいやこの流行もたちまち古びてゆくであろう）
ならば脱俗というべきか
逸遊がふさわしいか
心のなかは唸り声でいっぱいで
帰ってから気を落ちつけて
よおく考えてみるに
彼は
日本の隠しておきたい大事なトラの子に
おもわれてきた

古譚

むかし読んだ古い物語に
また　めぐりあう　桃花源の古譚
武陵の漁師がある日　谷川を小さな船で遡ってゆき
路の遠近も忘れるころ
この世のものともおもわれない美しい桃花の林に出会った
桃の木ばかりで　他の木一本もまじえず
川をはさんで両岸数百歩匂いたつばかり
花びら　音もなく　おしげもなく散り乱れ
寂として人影もない
漁師は妖しい胸のときめきをおぼえ　嘆声を呑んで

さらに進んで桃林の奥をきわめようとした
林は川の源で尽きており
そこに一つの山がある　山には小さな洞穴があって
どこからか　ほのかに光りがさしている気配
舟をすて　漁師が洞穴をくぐってみると
あまりの狭さに閉口したが　好奇の心押えかね
さぐりさぐり進むうち　穴は少しずつ大きくなり
やがて豁然として　目の前がひらけた
そこに一つの集落があり
のびのびとひろがる田畑の見事さ
家並みのすがすがしさ
道は四方にゆきかい　鶏や犬の鳴きかわす声も
どこで聴くよりも快適である
人はパラッとしか居ないが　老人も子供も
実にのびやかに　屈託なげで　いい顔の相ばかり
桑の木も肥えている

村人は漢はおろか魏も晋も知らない
遠い先祖が戦乱を避けてこの地に住み
以来　外部との往来を絶ってしまったという
村人と漁師は　お互いがお互いに
外国人どうしのように打ち驚き
もてなされるままに漁師は数日を　心たのしく
この村で過した
漁師が武陵に帰ってのち　この話を皆にした
すると皆が行きたがった
とりわけ太守は税金未納五百年にもわたる
村があるとはけしからぬと思ったのかどうか
漁師のつけてきた目じるしをたよりに　しつこく
尋ね尋ねてみたが遂にもとへの路を
探し出すことはできなかった
漁師の辿った道をその通り訪ね訪ねてみたけれど
遂にふたたび何人もこの村を探しあてられなかったのである

そのなかにはかの漁師もまじっていたのだろう
陶淵明の「桃花源詩ならびに記」は
老子の八十章を下敷にしているらしい
が　老子のは簡潔きわまりない
桃林さえどこにもない
人口はすくないにかぎる
すぐれた人材も腕をふるう余地がない
人々は命を大切にして遠くへは足をのばさない
舟にも車にも乗る必要がないし　武器も使いみちがない
覚えておかねばならぬことは縄を結べば足るし
いまのままの衣食住を愛し　俗のままの暮しをたのしんでいる
手の届きそうな鶏や犬の声　お互いにきこえあう
隣国とさえ　絶えて往来しない
老子の短い数行は　わずかに言外に
これが私の理想境といっているにすぎない

老子から陶淵明まで約一千年は経過していよう
その間に重く苦しい生活は更にすすんだのだ
ひとびとの桃源境への　あこがれの仮託
陶淵明から今日まで更に千五百年あまりの月日が流れた
桃の実る頃にふる雨は桃雨というらしい
いま　我が家の屋根を濡し　土を濡し
かそけくも降りくるものは　まさしく桃雨であろう
こどもの頃に読んだとき
桃源はあえかに霞のたなびいて　いい匂いのする
辿りつけない夢幻の里でしかなかった
私ひとりのなかにも
あれから敗戦をはさんで三十年の月日は流れた
ふたたびめぐりあった古譚に　私はいま
まるで違った物語を読んでしまっている

むかし一人の男ありけり　だ

思い思われて一人の女と共に暮す
女は桃の実をおもわせる　みずみずしい躰と心を持っていた
白桃でも天津桃でも水蜜桃でもいいけれど……
干戈の音絶えずであったが　男はせっせと田畑を耕す
二番目の子供が生まれた頃　男は少々飽きてきた
暮しのすべてに　貧もまた相変らずだ
女は二番目の子を抱いて　生涯で一番美しい時期であったのに
男はろくすっぽ見もしなかった
破れた粗衣からこぼれる丸い肩　光りかがやいていたのに
遠からぬところで戦い起り
屈強の若者はわれさきに飛び出していった
ひっぱられるよりも先に
男も得たりや応と　すっとんだ
女がきれぎれにわめく鄙語をふりきって
それからは男の上に惨苦につぐ惨苦
殺しあい　こづきまわされ　捕虜になり

流浪し　屈辱にまみれ　何が正義やら征討やら
新しい生活やら冒険やら　皆目不明で
望郷の念ばかりが身を嚙み　情ないばかりに身を苛む
なんでもないことのなかに在った　豊かさ　いとおしさ
それは村はずれの桃林の幻影となって
昼となく夜となくたちあらわれた
その一念にすがって生きのび
逞しい胸にあばらが目立ち
鬢辺はや白々となるころおい
ようやくの思いで故山に帰りつけば
妻子はおろか　村の姿も跡かたもない
犬も鶏も家鴨さえも……
たずねたずねたが妻子の消息はおろか
なにゆえの廃村なのかさえ杳として摑めない
男の耳に女の言葉のきれぎれが蘇った
聴いていなかったと思っていたが

やはりその幾つかは胸に落ちていたのだ
〈あなたとせつなくもつれあい
子を生み　子を育て　老いて死んでゆく
その外になにがあるっていうの？
鳥も獣も畑の実も　みんなそうしているのに
天に向ってなんら恥じることないじゃん！
そこ　動くな！〉
〈妻子を守るというのなら　敵がほんとに
この家に襲いかかってからにしてえな！〉

男は慟哭した
故山あって　村なし
立ち枯れの桃の木あって　桃果のごとき女なし
一度取り落した世界には
ふたたび入ること能わぬを悟って

詩集と刺繍

詩集のコーナーはどこですか
勇を鼓して尋ねたらば
東京堂の店員はさっさと案内してくれたのである
刺繍の本のぎっしりつまった一角へ

そこではたと気づいたことは
詩集と刺繍
音だけならばまったくおなじ
ゆえに彼は間違っていない

けれど
女が尋ねたししゅうならば
刺繡とのみ思い込んだのは
正しいか　しくないか

礼を言って
見たくもない図案集など
ぱらぱらめくる羽目になり
既に詩集を探す意志は砕けた

二つのししゅうの共通点は
共にこれ
天下に隠れもなき無用の長物
さりとて絶滅も不可能のしろもの

たとえ禁止令が出たとしても
下着に刺繡するひとは絶えないだろう
言葉で何かを刺しかがらんとする者を根だやしにもできないさ
せめてもとニカッと笑って店を出る

癖

むかし女のいじめっ子がいた
意地悪したり　からかったり
髪ひっぱるやら　つねるやら
いいイッ！　と白い歯を剝いた
その子の前では立往生

さすがの私も閉口頓首
やな子ねぇ　と思っていたのだが
卒業のとき小さな紙片を渡された

ワタシハアナタガ好キダッタ
オ友達ニナリタカッタノ
たどたどしい字で書かれていて
そこで私は腰をぬかし　いえ　ぬかさんばかりになって

好きなら好きとまっすぐに
ぶつけてくれればいいじゃない
遅かった　菊ちゃん！　もう手も足も出ない
小学校出てすぐあなたは置屋の下地っ子

以来　いい気味　いたぶり　いやがらせ
さまざまな目にあうたびに　心せよ

このひとほんとは私のこと好きなんじゃないか
と思うようになったのだ

自分の感受性くらい

ぱさぱさに乾いてゆく心を
ひとのせいにはするな
みずから水やりを怠っておいて

気難かしくなってきたのを
友人のせいにはするな
しなやかさを失ったのはどちらなのか

苛立つのを
近親のせいにはするな
なにもかも下手だったのはわたくし

初心消えかかるのを
暮しのせいにはするな
そもそもが　ひよわな志にすぎなかった

駄目なことの一切を
時代のせいにはするな
わずかに光る尊厳の放棄

自分の感受性くらい
自分で守れ
ばかものよ

存在の哀れ

男には　男の
女には　女の
存在の　哀れ
一瞬に薫り　たちまちに消え

好きではなかったひとの
かずかずの無礼をゆるし
不意に受け入れてしまったりするのも
そんなとき
そんなときは限りなくあったのに

それが何であったのか
一つ一つはもう辿ることができない
誰かがかき鳴らした即興のハープのひとふしのように

くだまく呂律　くしけずる手
後姿だったかしら　嘘泣きだったかしら
ひらと動いた視線　言の葉さやさや
それとも煎餅かじる音だったか

知命

他のひとがやってきて
この小包の紐　どうしたら

ほどけるかしらと言う
他のひとがやってきては
こんがらかった糸の束
なんとかしてよ　と言う
鋏で切れいと進言するが
肯じない
仕方なく手伝う　もそもそと
生きてるよしみに
こういうのが生きてるってことの
おおよそか　それにしてもあんまりな
まきこまれ
ふりまわされ

くたびれはてて
ある日　卒然と悟らされる
もしかしたら　たぶんそう
沢山のやさしい手が添えられたのだ

一人で処理してきたと思っている
わたくしの幾つかの結節点にも
今日までそれと気づかせぬほどのさりげなさで

青年

浮かない顔

というより暗い
暗いというより鬱である
他人を拒否しシャッターを下してしまっている顔
全身を包む暗愁にはなぜか見覚えがあった
学生かセールスマンか役人の卵か
それらは皆目わからない
あの　と声をかければ
たぶん瞳を動かしてしまうだろう
だから日本の青年ではあるだろう
みるともなくみている
彼の視線を辿れば
そこに　夕富士
あたりいちめん葡萄酒いろに染めながら
折しも陽は富士の左肩に沈むところ
武蔵野にあるこの駅から見て
富士の右肩に陽が沈むようになれば

だんだん春もほぐれてくるのだった
寒風にさらされながら
黙って隣に腰かける
ともに電車を待ちながら
かすかな眩暈
二昔まえのわたくしが
青年の形を借りて隣に坐っているようで

青梅街道

内藤新宿より青梅まで
直として通ずるならむ青梅街道

馬糞のかわりに排気ガス
ひきもきらずに連なれり
刻を争い血走りしてハンドル握る者たちは
けさつかた　がばと跳起き顔洗いたるや
ぐずぐずと絆創膏はがすごとくに床離れたる
　くるみ洋半紙
　東洋合板
　北の譽
　丸井クレジット
　竹春生コン
　あけぼののパン
街道の一点にバス待つと佇めば
あまたの中小企業名
にわかに新鮮に眼底を擦過
必死の紋どころ
はたしていくとせののちにまで

保ちうるやを危ぶみつ
さつきついたち鯉のぼり
あっけらかんと風を呑み
欅の新芽は　梢に泡だち
清涼の抹茶　天にて喫するは誰《た》ぞ
かつて幕末に生きし者　誰一人として現存せず
たったいま産声をあげたる者も
八十年ののちには引潮のごとくに連れ去られむ
さればこそ
今を生きて脈うつ者
不意にいとおし声たてて
　鉄砲寿司
　柿沼商事
　アロベビー
　佐々木ガラス
　宇田川木材

一声舎
ファーマシイグループ定期便
月島発条
えとせとら

二人の左官屋

きてくれた左官屋
長髪に口髭
白地に紺の龍おどる日本手拭何枚か使い
前あきの丸首シャツに仕立てて着ている
あちらこちらに鱗飛び
いなせとファッショナブル渾然融合

油断のならないいい感覚
足場伝いにやってきた彼
窓ごしにひょいと私の机を覗き
「奥さんの詩は俺にもわかるよ」
うれしいことを言い給うかな

十九世紀　チャイコフスキイが旅してたとき
一人の左官屋の口ずさむ民謡にうっとり
やにわにその場で採譜した
アンダンテ・カンタービレの原曲を
口ずさんでいたロシヤの左官屋
彼はどんななりしていたのだろう

夏の声

いくじなしのむうちゃん！
という声
しばしばと目覚れば
時計は午前の一時である
赤ん坊の泣き声は
ひよひよ　ひいひい
はかなく　せつない
家の前の坂道を
行ったり来たりして
いくじなしのむうちゃん！
いくじなしのむうちゃん！
いくじなしのむうちゃん！

子守唄のように続くそれは
澄んでいて　綺麗
若い母の困惑と　いとおしさとが
入り混っていて
へんに艶かしくもある
〈いくじなし〉と〈むうちゃん〉は
ぴったり結合　ぬきさしならず
それゆえポエチカルでもあるのだが
やがて　彼
母の薫陶よろしきを得て
意気地《いきじ》の男になるんだろうか
熱帯夜のつづく日本の夏は
おとなだって音をあげる
着て寝たものも

いつのまにやらどこへやら
と消えうせて
団扇一本　はたり　はたり

むうちゃんや！
いくじなしは　いくじなしのままでいいの
泣きたきゃ　泣けよ
意気地なしの勁さを貫くことのほうが
この国では　はるかに難しいんだから

廃屋

人が

棲まなくなると
家は
たちまちに蚕食される
何者かの手によって
待ってました！　とばかりに

つるばらは伸び放題
樹々はふてくされて　いやらしく繁茂
ふしぎなことに柱さえ　はや投げの表情だ
頑丈そうにみえた木戸　ひきちぎられ
あっというまに草ぼうぼう　温気にむれ
魑魅魍魎をひきつれて
何者かの手荒く占拠する気配

戸さえなく
吹きさらしの

囲炉裏の在りかのみ　それと知られる
山中の廃居
ゆくりなく　ゆきあたり　寒気だつ
波の底にかつての関所跡を見てしまったときのように

人が
家に
棲む
それは絶えず何者かと
果敢に闘っていることかもしれぬ

孤独

孤独が　孤独を　生み落す
ごらん
ようやく立てたばかりの幼児の顔の
時として　そそけだつような寂しさ
風に　髪なんぞ　ぽやぽやさせて
孤独が　孤独を　生み落す
子の孤独が孵って一人旅立つ
親の孤独がその頃になってあわてふためくのは
笑止なはなしである

厖大に残された経文のなかに
たった一箇所だけ
人間の定義と目されるところがあり
〈境をひくもの〉とあるそうな
ずいぶん古くからの認識だが
いまだにとっくり呑みこめてはいない
それはとどのつまりではなく
そもそもの出発点

もぐらは土のなかで生き
さくらはふぶく
渡り鳥は二つのふるさとを持ち
海はまあるくまるく逆巻かざるをえない
人間に特有の附帯条件もまたあろうではないか

友人

友人に
多くを期待しなかったら
裏切られた！と叫ぶこともない
なくて もともと
一人か二人いたらば秀
十人もいたらたっぷりすぎるくらいである
たまに会って うっふっふと笑いあえたら
それで法外の喜び
遠く住み 会ったこともないのに
ちかちか瞬きあう心の通い路なども在ったりする

ひんぴんと会って
くだらなさを曝け出せるのも悪くない
縛られるのは厭だが
縛るのは尚　厭だ
去らば　去れ
ランボウとヴェルレーヌの友情など
忌避すべき悪例だ
ゴッホとゴーギャンのもうとましい
明朝　意あらば　琴を抱いてきたれ
でゆきたいが
老若男女おしなべて女学生なみの友情で
へんな幻影にとりつかれている

昔の友も遠く去れば知らぬ昔と異ならず
四月すかんぽの花　人ちりぢりの眺め
とは

誰のうたであったか

底なし柄杓

――金子光晴氏に――

天狗わざといっていいほどの
厖大な仕事を果しながら
なぜか蟇口はいつもぴいぴいしてた
それが不思議でなりませなんだが
逝かれてから少しずつ見えてきたものが
あります
身近の困ったひとたちに　あいよ
やみくもにずいぶんばらまいていたのですね

それでは
底なし柄杓で営々と水を汲みあげていたようなものです
まったき徒労！
しかもなんと詩だけは確実に掬いあげていた柄杓でした
どんなに目を凝らしても
そのからくりは見抜けずに
それはもう
北斗七星の下あたり
無雑作にほんなげられてしまっていますね

波の音

酒注ぐ音は　とくとくとく　だが

カリタ　カリタ　と聴こえる国もあって
波の音は　どぶん　ざ　ざ　ざァなのに
チャルサー　チャルサー　と聴こえる国もある
澄酒を　カリタ　カリタ　と傾けて
波音のチャルサー　チャルサー　捲き返す宿で
一人　酔えば
なにもかもが洗い出されてくるような夜です
子供の頃と少しも違わぬ気性が居て
哀しみだけが　ずっと深くなって

顔

電車のなかで　狐そっくりの女に遭った
なんともかとも狐である
ある町の路地で　蛇の眼をもつ少年に遭った
魚かと思うほど鰓の張った男もあり
鶫《つぐみ》の眼をした老女もいて
猿類などは　ざらである
一人一人の顔は
遠い遠い旅路の
気の遠くなるような遥かな道のりの
その果ての一瞬の開花なのだ
あなたの顔は朝鮮系だ　先祖は朝鮮だな
と言われたことがある

目をつむると見たこともない朝鮮の
澄みきった秋の空
つきぬける蒼さがひろがってくる
たぶん　そうでしょう　と私は答える

まじまじと見入り
あなたの先祖はパミール高原から来たんだ
断定的に言われたことがある
目を瞑ると
行ったこともないパミール高原の牧草が
匂いたち
たぶん　そうでしょう　と私は答えた

系図

子供の頃に
叩きこまれたのは
万世一系論
くりかえしくりかえし
一つの家の系図を暗誦
それがヒステリイであったので
いまごろになってヒステリカルにもなるだろう
一つの家の来歴がかくもはっきりしているのは
むしろ嘘多い証拠である
とこっくり胸に落ちるまで
長い歳月を要したのだ

何代か前　何十代か前
その先は杳として行方知れず

ふつうの家の先祖が　もやもやと
靄靄《もやもや》と煙っているのこそ真実ではないか

父方の家は　川中島の戦いまでさかのぼれる
母方の家は　元禄時代までさかのぼれる
その先は霞の彼方へと消えさるのだ
けれど私の脈搏が　目下一分間七十の
正常値を数えているのは
伊達ではない

いま生きて動いているものは
並《な》べて　ひとすじに　来たるもの
ジャマイカで珈琲の豆　採るひとも
隣のちいちゃんも
昔のひとの袖の香を芬芬《ふんぷん》と散りしいて
いまをさかりの花橘《はなたちばな》も

きのう会った和智さんも
どういうわけだか夜毎　我が家の軒下に
うんちして去る　どら猫も
ノートに影　くっきりと落し
瞬時に飛び去った一羽の雀も
気がつけば　身のまわり
万世一系だらけなのだ

木の実

高い梢に
青い大きな果実が　ひとつ
現地の若者は　するする登り

手を伸ばそうとして転り落ちた
木の実と見えたのは
苔むした一個の髑髏である

ミンダナオ島
二十六年の歳月
ジャングルのちっぽけな木の枝は
戦死した日本兵のどくろを
はずみで　ちょいと引掛けて
それが眼窩であったか　鼻孔であったかはしらず
若く逞しい一本の木に
ぐんぐん成長していったのだ

生前
この頭を
かけがえなく　いとおしいものとして

掻抱いた女が　きっと居たに違いない

小さな顳顬《こめかみ》のひよめきを
じっと視ていたのはどんな母
この髪に指からませて
やさしく引き寄せたのは　どんな女《ひと》
もし　それが　わたしだったら……

絶句し　そのまま一年の歳月は流れた
ふたたび草稿をとり出して
嵌《は》めるべき終行　見出せず
さらに幾年かが　逝く
もし　それが　わたしだったら
に続く一行を　遂に立たせられないまま

四海波静

戦争責任を問われて
その人は言った
　そういう言葉のアヤについて
　文学方面はあまり研究していないので
　お答えできかねます
思わず笑いが込みあげて
どす黒い笑い吐血のように
噴きあげては　止り　また噴きあげる

三歳の童子だって笑い出すだろう

文学研究果さねば　あばばばばとも言えないとしたら
四つの島
笑《えら》ぎに笑《えら》ぎて　どよもすか
三十年に一つのとてつもないブラック・ユーモア
野ざらしのどくろさえ
カタカタカタと笑ったのに
笑殺どころか
頼朝級の野次ひとつ飛ばず
どこへ行ったか散じたか落首狂歌のスピリット
四海波静かにて
黙々の薄気味わるい群衆と
後白河以来の帝王学
無音のままに貼りついて
ことしも耳すます除夜の鐘

殴る

束の間の夢のなか
わたしは人を殴らんとしている
意気 天を衝いているのに どうしたことか
ふりあげた右手が急速に重く 鉛のかたまり
あわてて
左手までが助けっ人に出て
右手をして殴らしめんと欲する
行くのだ
そら！

ひんぴんとみる夢
くるしくて声あげて覚める夢
せせら笑う相手の顔は　そのたびに違い
ついに殴れたためしはない
生まれてこのかた人を殴ったことはなく
人に殴られたこともなく
とりたてて殴りたい顔も思い浮ばないのだが
ほんとうは殴ってまわりたいものが多すぎるのかもしれぬ

夢のなかにまで現れる抑圧がいまいましく
ゆるせない
かのポリオのような右手を完全に追放するには
現実に　しらふで　人を殴ってみるにしかずか
わたしの右手は知っているようなのだ
躊躇せず　ばしばし昏倒させた確かな手ごたえ

シナントロプス・ペキネンシス時代の快感を

鍵

一つの鍵が　手に入ると
たちまち扉はひらかれる
硬く閉された内部の隅々まで
明暗くっきりと見渡せて

人の性格も
謎めいた行動も
物と物との関係も
複雑にからまりあった事件も

なぜ　なにゆえ　かく在ったか
どうなろうとしていたか
どうなろうとしているか
あっけないほど　すとん　と胸に落ちる

ちっぽけだが
それなくしてはひらかない黄金の鍵
人がそれを見つけ出し
きれいに解明してみせてくれたとき
ああ　と呻く
私も行ったのだその鍵のありかの近くまで
もっと落ちついて　ゆっくり佇んでいたら
探し出せたにちがいない
鍵にすれば
出会いを求めて
身をよじっていたのかも知れないのに

木の枝に無雑作にぶらさがり
土の奥深くで燐光を発し
虫くいの文献　聞き流した語尾に内包され
海の底で腐蝕せず
渡り鳥の指標になってきらめき
束になって空中を　ちゃりりんと飛んでいたり

生きいそぎ　死にいそぐひとびとの群れ
見る人が見たら
この世はまだ
あまたの鍵のひびきあい
ふかぶかとした息づきで
燦然と輝いてみえるだろう

詩集　寸志　より

子供時代

どんなふうに泣いたろう
どんなふうに奇声を発し
どんなふうにしんねりむっつりしていたか

その人の子供時代に思いを馳せるのは
すでに
好意をもったしるし
目ばかりでかい子だったろうな

さぞやポヤンでありましたろう
がさごそ　ごきぶり　おじゃま虫か

ほほえみながら
もっといっぱい聴きたくなるのは
好意以上のものの兆しはじめた証《あかし》

あの時もそうだった
鬚づらのむこうにわたしは視ていた
子供時代の蚊とんぼの顔を

かのときもそうだった
朦朧の媼のとりとめなさにわたしは聴いていた
女童《めわらんべ》時代の甲高いお国なまりを

高松塚

竹のさやさや鳴る下の小さな古墳
飛鳥おとめや星宿にかこまれて
石室にねむっていたのは　だれ
だれともしれぬところが　いい

まどろむネックレスはラピス・ラズリのいろ
盗みだし　すぐ胸に　かけたいような斬新さ
ほのぐらい壁画館を　ゆっくり出れば
みはるかす渡来びとの住みふりた檜隈《ひのくま》の村々

千年くらいは　ひとねむり
うつらうつらの　夢また夢

一九八〇年の青春はレンタサイクル乗りまわし
はつなつの風に　髪なびかせて行く

幾千年

流沙に埋もれ
幾千年を眠っていて
ふいに寝姿あらわにされた
楼蘭の少女

花ひらかぬまにまなこ閉じ
金髪　小さなフェルト帽
ラシャと革とのしゃれた服

しなやかな足には靴を穿き
ミイラになってまで
恥じらいの可憐さを残し
身じろぐあなたから立ちのぼる
つぶやき

ああ　まだ　こんななの
たくさんの風
たくさんの星座のめぐり
たくさんの哀しみが流れていったのに

問い

ゆっくり考えてみなければ
　いったい何をしているのだろう　わたくしは
ゆっくり考えてみなければ
　働かざるもの食うべからず　いぶかしいわ鳥みれば
ゆっくり考えてみなければ
　いつのまにかすりかえられる責任といのちの燦《さん》
ゆっくり考えてみなければ
　みんなもひとしなみ何かに化かされているようで
いちどゆっくり考えてみなければ
　思い思いし半世紀は過ぎ去り行き

青春の問いは昔日のまま
　更に研ぎだされて　青く光る

落ちこぼれ

落ちこぼれ
　和菓子の名につけたいようなやさしさ
落ちこぼれ
　いまは自嘲や出来そこないの謂《いい》
落ちこぼれないための
　ばかばかしくも切ない修業
落ちこぼれにこそ
　魅力も風合いも薫るのに

落ちこぼれの実
　いっぱい包容できるのが豊かな大地
それならお前が落ちこぼれろ
　はい　女としてはとっくに落ちこぼれ
落ちこぼれずに旨げに成って
　むざむざ食われてなるものか
落ちこぼれ
　結果ではなく
落ちこぼれ
　華々しい意志であれ

おおとら

夜道のまんなかに
ダンボールの大きな箱が　でん！
あれ？　と思って近づいたら
ら　ら　らいおんな！

あわてて夜道を這えば
むこうにもダンボールの大箱ひとつ
これもライオン
夫婦で逃げた二匹のライオン

たんぼにずらかり息ひそめていると
ふらら　ふらら　新たに歩いてくる男
教えてやろうと「おい、ライオン、ライオン」
鋭く小さく叫んだら
「なぬ！　おれは　おおとらだ！」

酔っぱらいは千鳥足
それからどうなったのかは
ききそびれた

九州の田舎であったはなし
新聞には出なかったから
二人はたぶん
無事息災

道しるべ

――黒田三郎氏に――

昨日できたことが

今日はもうできない
あなたの書いた詩の二行

わたしはまだ昨日できたことが
今日も同じようにできている
けれどいつか通りすぎるでしょう　その地点を

たちどまりきっと思い出すでしょう
あなたの静かなほほえみを
男の哀しみと　いきものの過ぎゆく迅さを

だれもが通って行った道
だれもが通って行く道
だれもが自分だけは別と思いながら行く道

冷えたビール

冷えたビールは
むかしみんなの憧れだった
わずか二十年前
好きなときに好きなだけ取り出せて
うんと冷えたの　ぐっとやれたら
さぞかしそれは天国だろう
気づいたら
いつのまにやら現実で
朝っぱらから飲むひともあり
春夏秋冬　どの家にも

冷えたビール何本かが眠り
路上でさえ難なくカタリと手に入る
だが
ああ　天国！
おお　甘露！
しみじみ呻く者はいず
さほど幸せにもなれなかった

不老長寿も憧れだった
いにしえより薬草をもとめ
仙人ともなり錬金術にうつつを抜かし
人智を結集　追い求めたものが
身をよじるように焦《こが》れたものが
今や現実　平均寿命八十歳になんなんとする
助けて！
手に入れた玉手箱の実態に愕然

みんなやれやれと深い溜息
互いに顔を見合わせて
こんな筈じゃなかったな

笑って

ぽっかり明るい世界が　むこうに
長い長い隧道《とんねる》のむこうに　まあるく
さあ出るのだ
抜け出るのだ
野の花いちめんゆれにゆれ
風も吹いてていい匂い
光かがようあちらの世界へ

さあ
語ってくれるのは
死すれすれまで行って生き返ったひと
名前を呼ばれ
しつこく呼ばれ
引きもどされて
意識の戻る寸前まで苛々していたの
うるさいわねえ
ポンとひとつ背中を押してくれさえしたら
あちらのほうに行けるのに
ああ　莫迦ン！
不意によみがえる古い古い寓話
むかし西域に美しい娘がいたという
晋《しん》の王が遠征の途次

有無を言わせず馬上に掠奪
娘は嗚咽とどまらず襟もとしとど
どうされるのやら不安で
何処へ行くのやら皆目わからず
胡地忘じがたく　しおたれて
泣く泣く曳かれ　都に到れば
山海の珍味　着たい放題
王の夫人となって寵を得るや
「あら　こんなことなら　泣くんじゃなかったわ」
秋波　嫣然　なまめいた
その名は驪姫《りき》
「おそらく　死もこういうものであるだろう」
かつて
どんな宗教書よりも慰められたことのある
荘子の視線

まさしくこちらこそ地獄なのでは
でなけりゃどうしてこんなにも
はらはらおたおたしなくちゃならぬ
時の車にいびられて
苦しみに翻弄されつくし
せいいっぱいに闘いもし
苦役完了
無罪放免
それなのに　なぜ?
名残り惜しげに振りかえり振りかえり
逝くひとびとよ
猖獗《しょうけつ》きわめる蛮地でも
住み古りたゆえになつかしい?
いまだに苦役の残る身は
そのわからなさに向って呼びかける

ねえ
笑って！
あちらで
驪姫《りき》という娘のように
はればれと

この失敗にもかかわらず

五月の風にのって
英語の朗読がきこえてくる
裏の家の大学生の声
ついで日本語の逐次訳が追いかける
どこかで発表しなければならないのか

よそゆきの気取った声で
英語と日本語交互に織りなし
その若々しさに
手を休め
聴きいれば

この失敗にもかかわらず……
この失敗にもかかわらず……
そこで　はたりと　沈黙がきた
どうしたの？　その先は

失恋の痛手にわかに疼きだしたのか
あるいは深い思索の淵に
突然ひきずり込まれたのか
吹きぬける風に

ふたたび彼の声はのらず
あとはライラックの匂いばかり

原文は知らないが
あとは私が続けよう
そう
この失敗にもかかわらず
私もまた生きてゆかねばならない
なぜかは知らず
生きている以上　生きものの味方をして

花ゲリラ

あの時　あなたは　こうおっしゃった
なつかしく友人の昔の言葉を取り出してみる
私を調整してくれた大切な一言でした
そんなこと言ったかしら　ひゃ　忘れた

あなたが　或る日或る時　そう言ったの
知人の一人が好きな指輪でも摘みあげるように
ひらり取り出すが　今度はこちらが覚えていない
そんな気障なこと言ったかしら

それぞれが捉えた餌を枝にひっかけ
ポカンと忘れた百舌である
思うに　言葉の保管所は
お互いがお互いに他人のこころのなか
だからこそ

生きられる
千年前の恋唄も　七百年前の物語も
遠い国の　遠い日の　罪人の呟きさえも

どこかに花ゲリラでもいるのか
ポケットに種子《たね》しのばせて何喰わぬ顔
あちらでパラリ　こちらでリラパ！
へんなところに異種の花　咲かせる

聴く力

ひとのこころの湖水
その深浅に

立ちどまり耳澄ます
ということがない

風の音に驚いたり
鳥の声に惚《ほう》けたり
ひとり耳そばだてる
そんなしぐさからも遠ざかるばかり

小鳥の会話がわかったせいで
古い樹木の難儀を救い
きれいな娘の病気まで直した民話
「聴耳頭巾」を持っていた　うからやから
その末裔《すえ》は我がことのみに無我夢中
舌ばかりほの赤くくるくると空転し
どう言いくるめようか

どう圧倒してやろうか
だが
どうして言葉たり得よう
他のものを　じっと
受けとめる力がなければ

聞き星

喋りたいことが　いっぱい
聞いてもらいたいことが　綿々と
からみたいことが　どうしようもなく
そして　ひととき　木に凭れたいことが

なぜか聞き役ばかりさせられる
それは聞き星という運命の星
なぜか訴えてばかりいる
それも囀《さえず》り星といういい気な星

聞き星よ　歎かないで
秘密の話で満杯になったとしても
不機嫌のいがいが出すのはよして
あまり甘くない金平糖ぐらいの星にはなって

星座表にはあらわれない
浮世の星ではあるけれど
よく見える　屑ダイヤのように
昼も夜もかすかに瞬いているのが

言葉の化学

フィロソフィーを
哲学と訳したのは
明治時代の迷訳である
ケミストリーを
化学と訳したのは
明治時代の名訳である
わたしの専攻は化学だったが
元素どもの化けるさまには
なぜかしらけっぱなし
思いあまって

方向転換
言偏《ごんべん》に寺のほうへと
さまよい出て
うつつをぬかしていたものだ
言葉の化けるさま三十年
さほど遠くへ来たわけでもなかった
片言隻句閉じこめてフラスコ振ったり
定量分析誤ったり
どんな触媒投げこめば品詞は踊り化合成る？
余念もなかった三十年
だが
いまだに詩の化学方程式ひとつ
自分にさえ指し示してやれないとは

訪問

ひとつの言葉が
訪ねてきて
椅子に坐る
よォ！

わたしの頭のなかの
小さな椅子に
あるいは三つ四つ連れだってきて
ベンチに並ぶ　どこから来たのか

訝《いぶか》しいが　お茶などいれる
会話がはじまる
荒けずりだが　魅力がある
ちょっと　もてなす

あっというまに彼らの仲間は一杯だ
芋づる式にというか
言葉が言葉を呼び込んで
手品のように溢れかえる

傍若無人
かれらにとっての
つかのまの
鳩舎のように
音符がひとを訪れるときも

こんなふうなのかしら
かれらが来なかったら
わたしの胸の弦も鳴り出さなかった

いずこかへ
いっせいに飛び立ったあと
詩の一行が
出口を求めはじめる

賑々しきなかの

言葉が多すぎる
というより

言葉らしきものが多すぎる
というより
言葉と言えるほどのものが無い

この不毛　この荒野
賑々しきなかの亡国のきざし
さびしいなあ
うるさいなあ
顔ひんまがる

時として
たっぷり充電
すっきり放たれた日本語に逢着
身ぶるいしてよろこぶ我が反応を見れば
日々を侵されはじめている
顔ひんまがる寂寥の

ゆえなしとはせず
アンテナは
絶えず受信したがっている
ふかい喜悦を与えてくれる言葉を
砂漠で一杯の水にありついたような
忘れはてていたものを
瞬時に思い出させてくれるような

寸志

どこかで
赤ん坊が発声練習をしている

飽きもせず母音ばかりをくりかえし
鶯の雛のように
わたしもあんなふうにやったのだろう
アーチャンと母を呼んだのが
日本語発した最初だったらしいが
その時　仁義は切らなかった
〈これより日本語　使わせてもらいます〉とは
相続税も払わずに
ごくずんべらと我がものにした
オコウコ　ホーレンソウ　ド　ド　ドロップ
字が読めるようになると
夢中で言葉を拾い
精鋭　木蓮　仁和寺　朕
な　散り乱りそ　筒井筒
江口の里はどこかいな

少しずつ少しずつ　たまってきて
少しずつ少しずつ　ふりつもって
わたしの語彙がいま何千語なのか
何万語なのか計算できないほどなのに
どこからも所得税はかかってこない
は　と打ち驚けば　ぎっくり腰だ

生まれてきては　使い捨て
使い捨てられたものを　また拾い
拾ったものを惜しげなくポイして
人は来り
人は去る
目には見えない堆積はくろぐろと
この上もなく豊かな腐蝕土で
どんな小っちゃな種子でさえ
発芽させないではおかないだろう

おおかたは足ばやに通りすぎて行く
生きることに懸命で
鋤《す》きかえしもせず
色も見ず
匂いも嗅がないで
でもそれは素敵なことかもしれない
意外にしゃれた殺し文句
ドス利いた台詞を突ったてたりしながら
まったく気づいていなかったりするのは

生まれたときが〈アーァ〉で
死ぬときがまた〈あーぁ〉で
遺言書ばやりなのに
〈我ガハナシ言葉譲渡ノ件〉という
分配書を託して逝ったひともなかった

陽や風や水のように
それなくては生きられないものが
もっとも忘れさられて
〈来る来る話 嘘じゃないの〉
ひっきりなしに 軽々と
チンケな葉っぱがふりつもる

味噌汁一年のまずとも
平気なやからも増えてきて
「いつからか
国土というものに疑いを持ったとき
私の祖国と呼べるものは
日本語だと思い知りました」*
なる名言放ったひとがなつかしまれ
ダイアル廻したが不在だった

スワヒリ語で暮すひとたちも
しかあらむ
と伝えたかった

母国語に
しみじみ御礼を言いたいが
なすすべもなく
せめて手づくりのお歳暮でも贈るつもりで
年に何回かは
誇らしきものを書かなくちゃ

＊石垣りん著『ユーモアの鎖国』より。

隣国語の森

森の深さ
行けば行くほど
枝さし交し奥深く
外国語の森は鬱蒼としている
昼なお暗い小道　ひとりとぼとぼ
栗は밤《パーム》
風は바람《パラム》
お化けは도깨비《トッケビ》
蛇　뱀《ペーム》
秘密　비밀《ピーミル》

茸　버섯《ポソッ》
무서워《ムソウォ》　こわい
入口あたりでは
はしゃいでいた
なにもかも珍しく
明晰な音標文字と　清冽なひびきに
陽の光　햇빛《ヘッピッ》
うさぎ　토끼《トキ》
でたらめ　엉터리《オントリ》
愛　사랑《サラン》
きらい　싫어요《シロヨ》
旅人　나그네《ナグネ》
地図の上朝鮮国にくろぐろと墨をぬりつつ秋風を聴く

啄木の明治四十三年の歌
日本語がかつて蹴ちらそうとした隣国語
한글《ハングル》
消そうとして決して消し去れなかった한글《ハングル》
용서하십시오《ヨンソハシプシオ》　ゆるして下さい
汗水たらたら今度はこちらが習得する番です
いかなる国の言語にも遂に組み伏せられなかった
勁いアルタイ語系の一つの精髄へ——
少しでも近づきたいと
あらゆる努力を払い
その美しい言語の森へと入ってゆきます
倭奴《ウエノム》の末裔であるわたくしは
緊張を欠けば
たちまちに恨《ハン》こもる言葉に
取って喰われそう

そんな虎《ホーランギ》が確実に潜んでいるのかもしれない
だが
むかしむかしの大昔を
「虎が煙草を吸う時代」と
言いならわす可笑《おか》しみもまた한글《ハングル》ならでは

どこか遠くで
笑いさざめく声
唄
すっとぼけ
ずっこけた
俗談の宝庫であり
諧謔の森でもあり
大辞典を枕にうたた寝をすれば
「君の入ってきかたが遅かった」と

尹東柱《ユンドンジュ》にやさしく詰《なじ》られる
ほんとに遅かった
けれどなにごとも
遅すぎたとは思わないことにしています
若い詩人　尹東柱
一九四五年二月　福岡刑務所で獄死
それがあなたたちにとっての光復節
わたくしたちにとっては降伏節の
八月十五日をさかのぼる僅か半年前であったとは
まだ学生服を着たままで
純潔だけを凍結したようなあなたの瞳が眩《まぶ》しい
――空を仰ぎ一点のはじらいもなきことを――

とうたい
当時敢然と한글《ハングル》で詩を書いた

あなたの若さが眩しくそして痛ましい
木の切株に腰かけて
月光のように澄んだ詩篇のいくつかを
たどたどしい発音で読んでみるのだが
あなたはにこりともしない
是非もないこと
この先
どのあたりまで行けるでしょうか
行けるところまで
行き行きて倒れ伏すとも萩の原*

*『おくのほそ道』曾良の句より。

＊　エッセイ

金子光晴——その言葉たち

無雑作に投げ出されている金子光晴の言葉は、出土品の玉のように美しい。手作りで、磨き抜かれていて、とろっとしている。時の風化に耐えてきた、これからも耐え抜くであろう底光りがある。私はこれらを見つけるたび、ほくほくしながら、だいぶ拾ってきたのだった。

水晶だけを拾って貫けば可憐掬《きく》すべき「抒情詩人」となる。
トルコ石だけで貫けば「水の詩人」
キャッツ・アイだけだったら「サンボリスム詩人」か。
珊瑚《さんご》のみを連ねれば、文化文政爛熟期の名残りをとどむる「ざれ歌作者」
翡翠だけだったら、まぎれもない「東洋の詩人」
ルビイ、瑪瑙《メノウ》、メキシコオパール、赤色系だけで貫けば「反逆詩人」
ビーズ玉だけだったら「孫をうたう詩人」
そして、ばらばらに異種異形の玉のみ連ねれば俄かに野蛮美——三連、五連の首飾り、頸にかけて、これに負けない顔容は、世界広しといえどもピカソぐらいのものかしら。

私は性急な玉の貫きかたをしたくない。今は大事にしている一顆、一顆を取り出してみるにとどめる。「金子光晴の言葉」は、詩、エッセイ、批評、対談、日常の雑談、アンケート類、一切を含めたい。最近のその言葉たちは、詩、散文、エロばなし、それらの境界を、すっかり取り払ってしまったかに思えるし、金子光晴の存在そのものが、詩と化しつつあるように思われることもあるのだから。

二十五年来、これらの記憶の底に、しかと沈んでいるものだけを頼りに、きままに触れてゆきたい。一寸調べればすぐ出てくるものは明記するが、血眼になって探さなければわからないものは出典をあきらかにしない。だから細部においては正確を期しがたいところも出るだろう。これはユリイカの編集部にいけないところがあるのであって、金子光晴特集を編もうとするなら、せめて半年の準備期間をもってしかるべき。短い日数ではどうしようもない。もし居ても立ってもいられないほど興味を持った読者がいたら、みずから立って、金子光晴の全著作から探してごらんなさい。それもまた愉しです。

＊

……

女ごころは、みんなおぼこだったし、

男だって、その女からうまれた坊やたちで

……

（「いまはない花に」）

日本人を表現したもので、これほど的確なものを知らないし、読んでのちこれほど長くこちらの心に居坐りつづける日本人論もない。イザヤ・ベンダサンのものもおもしろかったが、読んで日が過ぎてゆけば、こちらの心に残った痕跡は意外と淡いものであるのに気づく。ベンダサンも日本人を「世間知らずの坊ちゃん」というふうに捉えていたが、

このくにの女のこころには
おそのや
おさんがまだ、住んでゐる。
……
このくにの女の心底には、
あひかはらず、お光や

それからお弓が住んでゐる。

（「愛情45」）

というふうな女を通してみる視点を欠いていた。それはともかく、壮年、老年の勿体ぶって、いばった男たちを視るとき、「おぼこな女から生まれた坊やたち」という金子光晴のまなざしは、既にこちらのまなざしにもなりきってしまっているのを感じる。「戦後の日本の繁栄が、もし自分たちの手だけで築きあげたものだったら、もっと確かな手ごたえがあっただろうに」という発言もあった。

われひとともに、ふわらふわら、埃《ほこり》のごとき頼りなさ、うしろめたさを、わずか三、四行で押えていて、ハッとさせられた。戦後の進みかたが自力更生で、未だに瓦礫の山を十分かたづけられなかったとしても、その道を行くべきだったのだという苦い悔恨を呼びさます。繁栄のきっかけが朝鮮戦争を境としていたこと、あのあたりから銀座の賑わいも活気を呈してきたことなどを思い出す。もし日本人が自力更生を断固選んでいたならば、その時金子光晴は嬉々として手を貸しただろうか……ということは、これはまた別問題となるのだが。

二年くらい前の朝日新聞に「師走随想」を書いていたことがあり、そのなかで「世の繁栄から取り残され、身心ともに打ちひしがれた暮しを送っている人たち、世が世なので、師走のつらさもどの時代よりも一層倍加され身にしむことだろう。僕のまわりにもそういう人たちがいて、なんとかしてやりたいが、どうしてあげることもできない」という意味のことが書かれていた。めったにこういう言辞にはお目にかかれなくなっているが、金子光晴はジングルベルの鳴りひびく喧騒の街で、街になんか出る気も起らないで逼塞《ひっそく》している人々——いわば棄てられてある人々をちゃんと視ているのだということを感じさせた。それを引き受けたら共倒れになるという論理によって、切って捨てる——棄民ということは社会問題となった事件ばかりではなく、どの家庭のまわりにもありそうだ。こういう言辞は言う人によっては気障で鼻もちならぬものとなる。金子光晴の言葉は、彼のヴォキャブラリイを借りれば「しとしとこちらの胸に入ってくる」のである。金子光晴の言葉が少しも浮きあがらないのは何故か？　白粉が浮くごとく、みっともないことにならないのは何故か？　その理由について、一つの考えがあるけれども、それはあとで触れたい。

もう一つの忘れがたい日本人論に「魏志倭人伝、着せかえ人形説」ともいうべきものがある。これは『日本人の悲劇』の中にある。

「魏志倭人伝のなかの日本人はへんにいきいきしています。大地に耳をあてればこの日本人の足音がはっきりききとれそうです。小男ながら筋骨のすこやかな、全身に朱を塗った沢がにのような、水で潔めた赤裸な日本人を、日本人の原型のように描き出すことができるのです。そうした男にたり、着せかえ人形のように、唐服を着せてみたり、直衣《のうし》を着せたり、それだけで日本の歴史ができるようですし、日本歴史というものが、それだけのような気がしてくるのです」そして古事記や日本書紀にひしめいている日本人は、倭人伝のそれに比べると影が薄いとも言っている。外国での滞在も長く、常に外部から日本人を見ることに慣れた金子光晴の眼に、倭人伝のそっけない、それだけに客観的な日本人素描には、よりピタリ、感応できるものがあるのだろう。

めまぐるしく変る現代のファッションも、着せかえ人形の観点に立ってみると、あっけらかんとしたものである。着せかえの衣裳をみずから工夫考案するのであれば、いささかの救いもあるが、絞りの流行にもみられたように、すべてはあちらからくる。そういえば倭人伝には「しょうが、さんしょう、みょうがなど生えているが、滋味と為すを知らず」とあった。

金子光晴は例としてあげていないが、倭人伝には「下戸、大人と道路に相逢へば、逡巡して草に入り、うずくまり、跪《ひざまづ》き」というのがあり、いわば大名行列のはしりのようなものさえみられ、日本庶民の素直さ、気骨のなさが如実に捉えられている。金子光晴の本当に指したかったのは、風俗よりも精神史の原型ではなかろうか。戦時中、彼が反戦詩を書きつづけるエネルギーとなったもの、その一要素は「日本の民衆の面従腹背に賭ける」ということだったのだ。だから敗けたとき腹背のほうがあらわに立ち現われ、今までと全く様相を異にする社会を期待したのだったが、「みんながみんなアメリカ人になってしまいそうな勢い」で、上層部の権力の移動などはどうでもよく、アメリカがお上《かみ》となれば、大人となれば、唯々諾々「噫《あい》」とひざまづくのを視てしまったのだ。一見、とっぴな「魏志倭人伝、着せかえ人形説」は、かくて自信をもって出てきているのだ。この説は、ファッションをみるについては毒消しの作用を、精神史の面からは、日本人も変った！　という感想が頭をもたげる度、水をぶっかけ冷静になる作用を果してくれる。何一つ変らない、変らないと頑強に思いこむのも愚かな話だし、第一、生きる瀬もないが、昨今とみにこの説を実証するような事件や現象が多くて厭になる。

ついでに書いておくと、『日本人の悲劇』は、きわめて魅力に富んだ大づかみな日本通史である。たとえば「草仮名の時代」として書かれた平安時代なども、まったくこなれていて、どのような史書を読むよりも、この時代をよくわからせてくれる。何に対する思惑も偏向もない。正確で冷静な、世界のなかでの日本通史であり、しかも表現がすてきにおもしろいのだ。ともかく人間が満ち満ちている。私が私学の校長ならば、歴史の教科書にこれを採択したいくらいのもので、いま市販の教科書は副々読本ぐらいにするとちょうどよい。

*

今年（一九七二年）の「婦人公論」二月号で、

「あなたにとっての沖縄とは？

　あなたにとっての中国とは？

　あなたにとってのアメリカとは？」

なるアンケートを出し、それぞれ二十字以内での答を取っていた。六十人以上の答を読んでゆくうち、金子光晴のにぶつかった。

「沖縄は独立国として、戦争の責任をその加害国に要求すべきだと思います」

ここに到って、スカッとしたものがきた。劃一化された答の多かったなかで、唯一に近い人間の声を聴いたように思った。沖縄自身に独立論があったことは、度々報道されてはきた。しかしそれらは復帰論にかき消されてきたようだ。独立すべきだという答を出しているのは、このアンケートでも二人いたが、「モナコ公国のように独立させて、経済自立させたい島です」というものだ。六十数人の答を読んで、私がもし沖縄県人であったら（という無責任な仮定をさせてもらうなら）、理想論にすぎないとしても、金子光晴の言葉にのみ快哉を叫ぶだろうし、長く忘れないだろうと思うのだ。

沖縄に対する金子光晴の認識もまた古い。昭和八年頃、山之口貘との交流が始って以来だろうが、山之口貘によって語られる沖縄遊女、怪談、たべもの、自然など、肌身を通しての認識である。山之口貘は沖縄県人ということで就職においても差別され、また詩を書く仲間からもそのことによって軽んじられ、あなどられたらしい。「僕は差別なんか考えられもしなかったからね、それで貘さんがなついてきたってこともあるんですよ」と、かつて語ったことがあるが、山之口貘という生身の沖縄県人の、苦渋に満ちた人生とつきあったことが、沖縄をまるごと捉える方向につながっていったのだろう。その在りようを、ひりひりする実感で捉え得えている数すくない日本人の一人である。

ポロッと何気なくこぼれるように見える言葉でも、そのみなもとをさかのぼれば、金子光晴の青年時、少年時まで行きつく場合は無数である。

あなたにとって中国とは何か？　に対する答は、

「中国については今後三十年位たってみないとわかりません」だった。

三十年という期限の切りかたが興味深いところである。大正末から昭和十年代にかけて、中国へは四度ほど行っていて、多くの詩が書き残されているが、それらはひどく突き放したような書きかたながら、中国へのシンパシーに溢れていた。

金子光晴が、薄暗い納屋のような便所でしゃがんでいると、便器は樽のようなものだったそうだが、前方に中国の老爺が一人、同じ格好で居て、その人は唐紙を一枚取りだし、ゆったりと四枚に裂き、そのうちの二枚をほほえみながら静かに金子光晴にさし出した――という描写が『絶望の精神史』のなかにあった。

その時金子光晴は紙を持っていたのか、いなかったのか、それはまあどうでもいいけれど、悠揚迫らざる大陸的なほほえみと、知る知らぬを越えた淡々とした無言の好意とを、彼が気持よく受けとったこと、良き中国人気質をそこに見てしまったことは想像に難くない。ほんとうに困ってしまうのだが、このデッサンがあまり鮮やかなために、中国人とは？　というとき、この老爺を中心として考えようとしている自分に気づかされることだ。

中国で「この人は絵描きです」と紹介された時、側にいた魯迅は「金子さんは詩も書きますよ」と、ややたしなめるような口調で言い添えたという話を、直接聞いたことがあるけれど、これなども魯迅という人を実によくわからせてくれる。昔、日本の中華料理店で郭沫若を交え、金子光晴たち数人と会食をしていたとき、途中でつと郭沫若が調理場へ入っていった。途端に出てくる料理、出てくる料理がすばらしくおいしくなってきた。「どうしたんだ」と聞くと、「日本人は味がわからないと思って馬鹿にするな、もっと気合いを入れて出せ！　と一喝してきた」郭沫若を日本人と思っていたかもしれない中国人コックがびっくりしたというわけだ。郭沫若は好きでも嫌いでもないが、金子光晴が語ったこういうエピソードから、文化大革命で自己批判したいわゆる立派な郭沫若よりも、はるかに強く人間味を感じさせられるのだ。

私は何を書こうとしていたのだったかしら。ああ、そうだ、各国が「眠れる獅子と思っていたら、眠れる豚だった」と支那を侮辱し、ほしいままにしていた頃、金子光晴は、信義に厚い、なみなみならぬ中国人気質を、ひたと視つめていたのだ。

……
光は永遠にささないか。
五千年のくり返しの
あらたまる日はこないのか。
およそいつになつたら
この汎濫と、
没有法子《めいふあーづ》が解放されるか。
……
（「洪水二」）

東洋の飢えを本気で考えて、革命成り、一転して中国が武者ぶるいする獅子となった今日、人々が争って人民帽など買うようになった今日、金子光晴の心はすっかり中国から離れた、というより現在の中国の体制へのまったき批判者となった。ずいぶん皮肉な話である。「食べられればそれでいいってもんじゃありませんよ、大きなものをなにか失ったとすれば。感心しないな、個人がろくに物を言えない世界ってのは」十年前の「現代詩」での私との対談のなかで既に強い語調でこう語っていたが、二十代当時のかつての遊び友達、田漢が文化大革命で苦境に立たされた時、彼は本気で怒って一九六六年の「展望」に「中共というものに腹をたてている。魯迅もいままで生きていたら、きっと業を煮やしていたことだろう」と書いた。

……
十年といふ年月は、決して
短いとは言へぬ。そのあひだに
支那では、四つの王朝が起り
次々に亡んだためしもある。
（「愛情62」）

中国史に精通している金子光晴は、今度の革命も無数の革命のなかの一つという視点を失っていないだろう。そしてまた、今度の革命が単に天帝の交替であったのではなく、民衆そのものの質の転換であったことも見落してはいないだろう。「あと三十年たってみなければわからない」と言うのは、中国人の悠々の体質にも見合っている、解答の期限というわけなのだ。

中国人に対してばかりでなく、朝鮮人、東南アジア人に対する、人間としての金子光晴のシンパシーは昔から随所にスパークしているけれども、これらは各国人から見た場合、どう感じとられるものなのか？　現時点においてではなく、もう少し長いサイクルに於てなのだけれど、日本のあまたの口説の徒と同じものとしてしか受けとれないか、それともまったく異種の光芒を見出さざるを得ないか、私は後者のように思うけれども、それを確めたり見聞したりする機会はまだ一度もない。

＊

日華事変の前夜にあたる頃の詩に、

……
天下国家のことを憂へて
ぼくは歩いてゐる

それなのになんといふ恥しらずな
ぼくがいまほんたうに思ひ描いてゐるのは
あつあつの鴨南蛮

で終る詩があった。これは記憶のなかのもので、言いまわしは一寸違っていたかもしれない。探してみたがうまく出てこない。読んだ時、おもわず吹き出して、読みすごしてしまったのだが、この詩句がいつごろからか私のなかで大きくなってきている。知らずに金子光晴はこの詩句のなかで、自分をよく語ってしまっている。

天下国家（社会）のことを絶えず思念から離さずきた人だが、同時に、あつあつの鴨南蛮のほうもけっして手離さなかった人である。あつあつの鴨南蛮とは、食欲、性欲を含めた人間の煩悩のもろもろである。いわば人間の弱部であり、恥部であり、人の大いに秘したがるものである。日本の詩歌の歴史をふりかえってみると（日本のみとは限らないかもしれぬ）たえずどちらかを切り捨てることによって成り立つ詩が多かったのではないか。

もちろんそれは一人一人の選択であり、何もかもさらけ出す必要はないわけだ。しかしみずからの弱点のなかに人間を視ようとし、それこそが天下国家と切り結び、あい亘る場所だとし、そこをけっして隠蔽しようとしはしなかったところに金子光晴の独自性がある。二つとも手離さなかった人としては、いま、ぼんやり山上憶良と石川啄木の詩が浮んできたのだが、しかし金子光晴の果敢さに比べると、タブローと水彩画ぐらいの違いはある。

金子光晴の二刀流は、表現にのみ使われるのではなく、日々の生活様式をも支配している原理のようにみえる。いま、これはどういうことになっているかといえば、テレビの推理ものを熱心に観ながら、しかしプロットはさっぱりわからず、というのは、心は画面とは別の思念を追っていて（そのへんの愉快な消息は、子息乾さんの文章にくわしい）、

「大きな戦争はもう起らないかもしれないね」

「まだまだわかりませんよ」

「今度火を吹くとしたら、アフリカあたりじゃなかろうか、あのへんがあぶねえって気がするんだ」

などという、たえず地球儀をまわしているような言葉となって現われ、その足で、旧友佐藤英麿と連れだって横浜へストリップを観にゆくということになっている。

ストリップといえば「荒地」のX氏はストリップが好きでよく見に行くそうだが、小

屋に明りがつくと、そそくさと席を立ち、かぶりつきからマスクなどして消えるそうだ。身につまされる話だ。それを見ていた別の詩人がいるから、ややこしい。もしかしたら人違いかもしれないのだが、けれどこの話はなんだか象徴的だった。「荒地」の詩人たちの作品は、あつあつの鴨南蛮のほうは、あって無きがごとくに切り捨てられている。〈全体性の志向〉を志しながら、それは精神の領域に限られていたわけである。黒田三郎、中桐雅夫、北村太郎などはその点、異質だけれども。

全体性への志向というならば、それは金子光晴によって、より完全に果されつつあるということになりはしないだろうか。田村隆一はいつか「金子光晴は実にオネストである！」と叫ぶがごとき語調で書いていたことがある。日本語で正直というと、馬鹿正直とか愚直とか、何かいじいじしたものがつきまとうが、オネストというと、颯爽たる正直さ――というイメージになる。外国語のニュアンスはよくわからないせいかもしれない。折角田村隆一がオネスト！　と乾盃しているのだから、私も今回はオネストでいこう。実際、金子光晴のオネストぶりはただならぬ。それは誰の目にもあきらかな筈だったが、そのことを注視した人は多かったとは言えない。私もそうなのだが、いまごろおぼろげに気づいたりするのは遅きに失した。

*

へのこ　しのこ　おさね　おそそ
よかり声　口々　ろせん

これらのやまと言葉は、いまどれぐらいの人がわかるのだろう。私も二つわからないのがある。「張三李四」、「キューバのよしこの」なども早晩註が必要になるだろう。「金子光晴は春画《はるえ》を描いたそうですが」という若い人があって「ふつう春画《しゅんが》と言いますねえ、でも春画《はるえ》はいいわ、やわらかくて、春信の春画なんて」と言ったのだった。

〈おまんこさん〉が出てくる詩もあって、ああら……となった。単語にやたらに〈お〉がつくのを私は好まない。人の名以外に〈さん〉をつけるのも好まない。〈ユリイカさん〉なんて気持わるい。まんこが厭なうえに〈お〉と〈さん〉がついているのだから、私にとっては最低の言葉である筈だ。それなのに、

なじみ深いおまんこさんに言ふ
　サンキュー・ベリマッチを。
（「愛情46」）

という詩の一行となって嵌《は》め込まれた時、なつかしいような変な気分にさせられると

いうのは、どういうことでしょうか。

「男ごころ」「女ごころ」も沢山出てくるが、これも単語としてみた場合、嫌である。昭和初期の作詞家、作曲家にいじりまわされて手垢がつきすぎているせいだ。金子光晴が「ぼくの男ごころがそれを許さなかった」と書くと、途端に凜《りん》として、なまめかしくもある男だけの心情というものがありそうで、ふらりとなるという具合で、あまりにも特例が多いのだ。

特に最近の詩からは、まるで詩語というものを見出せない。いつごろから詩語をまったく振りすててきたかということは研究に値しよう。『こがね蟲』が私にとってつまらなく思えるのは、当時の詩語から金子光晴がまだ自由でなかったせいだろうと思う。日常語を掬《すく》って、或る特殊な〈なまめき〉に変えるその手つきに、心憎いマジッシャンを感じさせられる。日常語でも、ふだん公の席ではけっして語られることのないものが平気でかっさらわれてくる。

こういう言葉が出てくるのは今の流行でもあるのだが、それらと同一線上で論じられはしないし、詩の年季と言ってしまってもうまくかたづかないものが残る。

国語の教科書には、どういう詩が採られているのかお尋ねしたとき、「しゃぼん玉です」と答えて、一寸はにかんだような顔をされたのは印象的だったが、「しゃぼん玉の唄」もわるい詩ではないけれど、金子光晴の本領を発揮したものとは言いがたい。だからといって、じゃ最も適当なものは何か？　と言われたら大いに戸惑う。たとえば立原道造だったら、その一篇をもって彼全体を暗示することは可能だ。金子光晴の場合はそうはならないのだ。一つ一つの詩を読んでみると、一篇一篇での完成度はわりに弱いものが多いことに気づく。いずれもそれらは部分部分のきらめきを思わせる。

金子光晴の作品は、初期から現在に至るまで、一つの大きな交響楽であり、或る短いパートだけを切りとってみても意味をなさないようなところがある。〈おまんこさん〉にしても、そのうしろに「人間が天地の無窮に寄りつけるのは、性器と性器の接触以外になにもないのである」といういじらしさが鳴っているのだし、「川は森の尿《いばり》である」（『マレー蘭印紀行』）という鮮烈な一章も鳴る。何種類もの相対比された言葉が和音のように同時に鳴るし、あれとあれとあれを同時に叩けばどうなるか？　という楽しみもある。それこそなじみ深い旋律が何度も出てくるのも交響楽の常で、その反復のヴァリエーションに聴きほれることもある。

これは長い間読んできた者の享受のしかたであり、眼福、耳福であろうか。そしてまた、こういう楽しみかたも私にとっての特例である。詩歌の鑑賞のとき、たえず私をひきすえようとするものに、作者から独立させ、たったの一首で一句で一篇で自立しているものを見ようとする態度があり、金子光晴の詩篇群は、こうした我が原則にははまらない唯一の例ということになる。

この交響楽は、いよいよ華々しい最終楽章に近づいてきた。

その詩集を最初からずっと読んでゆくと、かなり退屈だと語った人がある。放言ではなく、かなり切実な重みを秘めての言葉だった。これにも一片の真実を認めていいだろう。そして本当にそうならば、その退屈さは、金子光晴批評への十分な基点となるだろう。

私はおよそ退屈するどころではなくて、新しい本がでれば不精な腰をあげて、何が何でも探しまわらないではいられない。これも一片の真実であり、動かせないところなのだ。

＊

その言葉たちは、まったく額面どおりに受けとっていいものと、そうでないものがある。

シャカもいや、ヤソもうるさし
マルクスも、マオツォートンも居ぬにしかめやは。

（「詩人連邦」一四〇号所収）

これはストレートに受けとっていいだろう。今回の金子光晴の特集を編むについて「できれば批判のみで満たしてほしい」と言われたそうで、編集部の若いM氏は「眩惑を覚えて、くらくらした」と語ったが、それは眉に唾したほうがよろしいわと私は言った。「自分を甘やかすものに敵を感じた」と、戦後、抵抗詩人として持ちあげようとしたジャーナリズムに、はっきり言い放っているし、「自分を批判してくれる者こそが本当の友だ」としばしば語っている。その長い道のりが、自己否定の累積であってみれば、これらの言葉にみじんも嘘はないと言っていい。しかしまた、子息の乾氏が「本の手帖」に書いていた「おやぢ」という文章はおもしろく、もう一つの顔を浮彫りにしている。その時も金子光晴特集で、息子からみた「おやぢ」という原稿を依頼された乾氏は「父はぼくの書くこの原稿でなんとか賞めてもらいたいのか、しきりに気にして、お世辞を使うのである。放浪無頼をもって任じていた父も一応、詩壇の古顔とみられている今日、少々俗人に堕落したのではないかと思った」これも演技とみられなくもないが「なるべく良く書いてちょうだい」と言わんばかりに息子のまわりをうろちょろする、かわゆらしさもまた、金子光晴のものである。従って「批判で満たしてほしい」というのは、仮にこの言葉の歩数を百歩だとすると三十歩ばかり引きかえしたほうが、本音の近似値に近づくのではないか。

「詩なんかいつだって捨てられる」とも度々書いているが、これは「癪だが捨てられなかった」ということの表白であり、百歩ひきかえしてしまったほうがいいだろう。「日本人嫌い」は「どうしようもない日本人への愛着の深さ」に外ならないし、なまけものPRは、おそるべき勉強家の隠れ蓑である。「僕のしてきたことは、ろくでもないことばかりだった」という言葉からは、一度として語られたことのないひそかな自負を聴かずにはいられない。「反対」という有名な詩があるが、これは金子光晴の言葉の受けとり手が、そのまま彼の言葉にしばしば適用できることでもある。「僕はもう棺桶に片足つっこんでるようなものだからね」からは、むしろ意気軒昂を感じとって安堵することにしている。

＊

数ある詩集のなかで、いま触れておきたくおもうものは『若葉のうた』である。昭和四十二年にこれが出版されたとき、詩人たち、特に若い人々の評価は殆んどが否定的であった。金子光晴の堕落という点で一致していたように思う。ここで金子光晴に別れを告げた人も多かった筈である。私は当初から奇異に感じていたし、いまも奇異のことに思っている。

あつあつの鴨南蛮が、孫の形をとってうたわれたことに何の不思議があろう。オネストのオネストたるところである。戦時中の反戦詩をもって、金子光晴のピークと見なす人は多く、その観点から見た時、許せないというのもなんという窮屈さであろうか、また誤解であろうか。徴兵拒否の詩にしても、子息乾を通してであったから、こちらの胸に突きささるのだし、反戦詩の数々も観念でのみ書かれていたら、いま受けとるような感銘を持ち得ていたかどうか。金子光晴の抵抗は何かの特殊で偉大な思想に依ったのではなく、拠点はマイホーム主義であり、生きのびる思想であったのだ。

マイホーム主義は昔も今も蛇蝎のごとく忌み嫌われるが、日本の男たちのそうした〈へっぴり腰〉を私は憎悪せずにはいられない。家庭を持たないのもいい、捨て去るのもいい。しかしおおかたは中途半端なもので、いつでも身をよじらんばかりに帰還船に乗りたがり、巣へ、港へ戻りたがる。出て征ったからには、いかほどひどい目に会おうとも、ぐずぐず言わぬがよろしい。まして金子光晴を卑怯者よばわりするなどは論外である。

金子光晴の家庭は、終始、綱渡りのように危いものだったが、国家権力によってばらばらに解体されそうになったとき、おそるべき力で結束した。あの頃の少年たちは、父親のリベラリズムなど受けつけず、教師や級友の影響で純粋軍国少年と化し、親たちのあやふやさを猛烈に攻撃したものだ。乾氏にはそのような形跡はなく、父の考えとほぼ一緒だったことは「落ちこぼれた詩をひろひあつめたもの」などにも散見される。夫妻、息子の三点は同質だったわけで、そのことも稀有だが、金子家というマイホームを、如何なる外在的な力からも守るということが抵抗の拠りどころとなったのだ。この素朴なことさえ、九九・九九パーセントの日本人には出来なかったではないか。

マイホーム主義が思想の原点ともなる——ということを日本人は知らなかったし、今も知らないと言える。プチブル的な否定面だけが指摘され、事実、それによって駄目になってゆく家庭の方が多いだろう。けれども私は、自分はマイホーム主義者ではないというポーズをとる男たちに欺瞞を感じるし、こんなものには一顧だに与えないという見栄からは、どんな形ででもあれ「寂しさの釣り出しに会う」のはたったの一歩だと思う。金子光晴は反骨詩人という金ラベルを貼られてしまい、そういうまなざしでのみ見られがちだが、事実、日本のアンチ・テーゼたらんとした本能的な衝迫は、彼を貫く一本の太い線だが、また次のようにも言えるだろう。

彼は徹頭徹尾、みずからの趣味嗜好に生きた。どんなときでもそれを崩さず、外部から注入される如何なる〈生き甲斐の麻酔〉をも拒否したと。みずからの趣味嗜好を貫いて、いつもありのまま、大いなるだらしなさのまま生きたそのことが、日本人と日本の社会に抵触し、離反し、鋭く照射することになる、その関係。

これが金子光晴の本領ではないだろうか。一番気に入った彼の一部分を抜きとって、人は勝手に、好みの金子光晴像をこしらえる。中身が似て非なるものと悟ったとき、失望のきわみとなるが、これはむしろ金子光晴の本懐ともするべきもので、彼はたえずそんなふうにこっぴどく裏切り続けてきた。偶像化を裏切りつづけることに、どれほどの馬力を必要としたか、それはもう私などには想像を絶する。

在るべき芸術家の姿なんてものは、蹴飛ばしてしまっているところに、金子光晴の本当の〈新しさ〉があるのだ。

中学生時代のニックネームは〈こんにゃく〉であったが、これは「気をつけ!」の姿勢を長くとっていることができず、すぐぐにゃりとなり教師に叱責されたことからきているという。このこんにゃくは何でもないときは、くにゃくにゃしているが、ひとたび潰されそうになるとドライアイスの如く凝固して白い気を吐きつつ突っ立つ。「反戦詩」から『若葉のうた』へまでは一すじの流れであり、こんにゃくの、折々のこんにゃくぶりであって、なんら異質でもなければ堕落でもなく、まして牙を抜かれたなんてことでもない。

『若葉のうた』を人々のお好みに従って、反骨ぶりとして取り出すことも、また可能である。即ち、現代の詩に妻や子や孫が登場することはきわめてすくない。つまり在って無きがごとくである。登場することがあっても、それは記号のように扱われていて、抽象化のせいか、まるで無機物のようにみえる。その妻子を知っている場合でも、これではかの人がさっぱり有機物として捉えられてはいないではないか……と思うことがある。

これは戦後の詩のきわだった特徴の一つであり、なぜそうなのかを、うまく解くことができない。

私には子も孫もないが、夫が一人居るから我が背の三十篇でも書いてみたらどうなのと自問してみるが、とてもできない。含羞もあるが、好みの問題でもあるのだが、ぬけぬけとそんなものを書いて……という世の、というか、詩の世界での通念が邪魔だてをしているところが大きかろうと思う。

金子光晴はぬけぬけと孫かわいさをうたった。戦後の詩の世界の通念への反逆でなくて何だろう。人はその国家権力への反逆にのみ目を奪われがちだが、彼の反逆はそんなに単純なものではない。生活の隅々に息づき、日本人の習い性となっている、さまざまな通念に対して、もっとも歯を剥いているのだ。だからこそ、その頂点の権力に対する反抗もツーンとわさびが利くことになる。「孫がかわいいのは当り前のことで、そんな当り前のことは詩にならないのだ」という説もあった。これも腑に落ちない。当り前でないことを、当り前でなく表現するのが詩なんだろうか？

『若葉のうた』に関しては、いろんな人とずいぶん語りあい、口で論争もした。たいていは平行線であった。「あなた、よおく考えてごらんなさい」と言われ、どこかに盲点があるんじゃないかと、よおく考えてみたのだが、論破されないものが残るだけなのだ。拡大解釈するならば『若葉のうた』はいくらでもふくらむ。これは金子光晴が若葉を通して日本の小さき者たちへ贈った書だとも、世界中の生れたての天使のような者たちへのプレゼントだとも。いちいち引用はしないが、注意深く読んだ人は、その証拠を十分に摑める筈だ。「近きより遠くへ」という金子光晴の発想の原型がここにも在ることを。

仮にまじりけなしの「孫ぼけ詩集」と読んだって一向にさしつかえはなく、いえ、それが一番良い読みかたかもしれないのだが、『若葉のうた』の技法の高さは、沢山の詩集のなかでも群を抜いている。この幼き者は、有機物として輝いている。

……
おしめのうへにほのぼのと
カナリヤ一羽が仮死してゐる。
……

一般に糞尿愛好癖と名づけられている(これも単にレッテル貼って事足れりとはならない要因を含むけれども)彼の癖《へき》のなかでも、この表現は最高のものかもしれない。

……

『若葉』をぼくが抱くやうに、
おなじやうに僕を抱いて
あそんでくれた誰かがあつたはずだ。
……

など、人間そのものへのなつかしみの感情がめずらしく素直に出ていて、どぶろくの上澄みのような清明さを湛えている。この詩集が加わったことを私は喜ぶ。

この詩集を嫌い、ここで金子光晴にさよならをした人があってもいい。自分の眼でしかと読んだ上でのことならば、むしろ結構なことである。「孫？　関係ない！」それが若さの特権かもしれないのだから。金子光晴にも「じじいを木からふり落して食った時代がなつかしい」（無題）という詩がある。

残念だったのは、現象としてのみしか捉えなかったジャーナリズムや、世に出た批評の驥尾に付し、ろくすっぽ読みもしないで評価の大方に従った徴候だった。知人の一人はこの詩集をあっさり堕落と捉え、さっさと売りはらった。私とだべっている時、こちらのるるに、ぐらり傾いて「もう一度買って読んでみなくちゃ……まだ買えるだろうか」と言った。ひどく物哀しかった。一さつの詩集ですら自分の感受性だけで読むということの如何に難いか、どんな尨大な量にも圧倒されなかったのが金子光晴であり、これでは何一つ読んでいなかったことに等しいのだ。

＊

男とつきあわない女は色褪せる
女とつきあわない男は馬鹿になる

というのは、チェホフの言葉だが、名言とおもい今に忘れない。

金子光晴に於ける老年の意味は重要だが、いま触れているゆとりはない。ただ老年に至って彼が馬鹿にならなかったいわれの一つに「女とのつきあいの深さ」があったと思うので、それに焦点を合せよう。彼の全著作から、女とかかわりのある詩を全部抜きとってしまったら、たちまちにガサッと量は減る筈である。ことほどさように女をうたった詩は多い。人類の半分である女と十分すぎるほどにつきあってきた人だ。もちろん量より質であって、千人斬りなどとは無縁である。一人の女とのみ徹底的につきあうことからも可能なのだ。事実、夫人森三千代との愛と葛藤が、その一番の太い幹であって『どくろ杯』などを読むと複雑怪奇な金子光晴と、十分わたりあい、拮抗し得た魅力的な女性像であった。つきあいかたがどういうものであったかは、折々の詩とエッセイ類を読めばよくわかり、贅言《ぜいげん》を要しないだろう。

あらゆる角度から、つまり女の精神とも、性器とも、皮膚とも、虚栄とも、哀れさとも、男以上のずぶとさ、ずるさ、残酷さとも、茗荷の子のような耳たぶとも、無垢の美しさ、纖細さ、身を売る女のしゃぼり、しゃぼりとも隈なくつきあってきた。

近著『風流尸解記』を読むと、全身全霊をあげて、身を投げ出さんばかりの、女とのつきあいの没入型が集約されているように思う。台風の眼のように、一点醒めたところもまた。これはあとがきに少女小説と銘うってあるが、少女小説にしては、こってりしすぎている。図柄がおっそろしく古風で、時代錯誤をすら感じ、辟易しながらも読み終ると、緑の痰のように美しかった少女が、ばかに斬新に浮びあがる。古風でもあり、永遠に新しくもある、つづれ織か、或いは上等の更紗でも手にしたような感覚がある。

女に関しても、そこに雌をみる視点と、人間としてみる視点とを二つながらに手離していない。男たちは女のなかに人間を視ると称し、またそう思っていながら、如何にそれが身に添ったものでないか、雌性しかみていなかったか、ひんぴんとしてボロを出す。馬脚をあらわす。金子光晴からは、そういうボロは出ない。「女への弁」といういい詩が現わしてしまっているような、もはや血肉と化してしまった視線だからだろう。

　おれは六十で
君は、十六だが、

それでも、君は
おれのお母さん。
……

（「愛情2」）

この詩句は硬い。散文ではうまく解きほぐせないだろう。青春時、ホイットマンの「大統領と娼婦とは本来同じ値打だ」という言葉に打たれ、自分のなかの何かが引っこぬかれるのを感じたと回想しているが、その影響が今まで持続しているとは思われず、ホイットマンは一つのきっかけで、彼は彼独自の修行を開始したのだ。

何年か前、中学生、高校生を対象にした詩人の伝記を書いたことがあり『うたの心に生きた人々』の四人のうちに、現存の金子光晴を入れ、そのための聞き書きに通ったことがあった。いろんな質問に綿密に答えて下さったのが、夫人森三千代と、H氏の三角関係に話が及んだとき「ずいぶん嫉妬に悩まされましたでしょうね」という愚問が飛び出してしまった。身を切られるような嫉妬の感情を私が味わったことのないための鈍さだったのだが、当時は『どくろ杯』も出版されていず、自伝『詩人』ではこの三角関係があっさりと書かれていたせいでもある。

金子光晴はいささかも動ぜず「それは苦しみました。あとにもさきにもあんな苦しい

「嫉妬を味わったことはないですよ」と暗澹たる表情をされた。それは四十年前の出来ごとではなく、つい昨日のことのような切実感を伴い、まるで青年の述懐のようなまっうさであった。

この時ほど金子光晴の真正直さ、立派さに打たれたことはない。それは二重の意味をもってこちらを打った。一つは女を争うという場におけるその真摯さと、もう一つは私という女の真正面からの、うろんな問いに、真正面から答えてくれたということだった。はぐらかしも、おとぼけも、小癪なというせせら笑いもない。

日本の老人としては、まったく異質である。老人ばかりではない、青年、壮年の男たちを含めても、おどろくべき異質である。私は反省魔だが、自分を生意気と思ったことは一度もない、にもかかわらず男たちから放たれる有形無形の「生意気！」の矢に満身創痍である。金子光晴を語ろうとすることが、われにもあらず、なぜ日本男性攻撃へと傾くのだろうか？　このたびの、これは一つの発見だ。

金子光晴と話したことのある女性ならば、誰しも気づくことだろう。自分の身長と体重のありのままで、背のびも身をちぢめることもなく、魂の在りようも歪めないで、二ひねりも三ひねりもする必要もなく、さらさらと心のおもむくままにそれこそ天下国家のことから下世話なことまでいかなる話題でも語れるということを。

女へのこのような対応は、金子光晴という男性がその全人格において、自信に溢れている証なのだ。

＊

新谷行詩集『水平線』の序を金子光晴が書いていて「手を泥でよごす作品と、手をぽっぽに入れたままの作品がある。いい時代ならば、手を泥につっこむようなことはしないで書いたものを、作者も、読者も納得することができるが、今日のようにから約束の時代には、泥の味なしに、いたみ場所をさらさないで、人の心をつろうということはむづかしくなった」とあり、新谷行の解説でありながら、みずからをもまた良く明かしており、アッ！　と目の鱗が落ちた。

金子光晴の言葉の秘密――なぜあのように強い磁力を持っているのか、古いものでも、たったいま釣れたばかりのようにぴちぴち跳ねて、いつまでも干物にはならないのか、時代、世代、性別を越えての伝達力の強さ、鋭さはいったいどこからくるのか。

「金子光晴の詩だけが、或る時期、唯一の読むに耐え得たものだ」ということは、多くの人が語っている。詩とはまったく無関係の人々も多いのだ。最近では女優の岸恵子が『絶望の精神史』を読んで「私の先生に対する尊敬の気持をお伝えしたくてまいりました」と、フランス語を直訳したような言葉で、テレビで語っていた。言葉数はすくなかったが、この人がよく金子光晴を理解していることを悟らせた。

「手をぽっぽに入れたまま云々……」の一節は、長い間の疑問、わかったようでわからない、その言葉たちの秘密を、卒然とわからせてくれたのだった。

金子光晴には下降への意志――ひらたく言えば人間の底の底まで降りてゆきたいという願望があったのだ。いつごろから？　少年時に既にと言いたいが、青春前期ぐらいにとしておいてもいい。ごく初期の作品に〈持てるものの物憂さ〉を、ちらりと現わしている詩があった。養子先の金子家は、金持であり、寄席には買い切りの桝があり、行きたい時にはいつでも行って寝そべって観るという、特等席のある生活で、そういうところからくる倦怠感で、じりじりしていたのが見えるようなのだ。

養父が逝き、大正六年、遺産二十万円を受けついだのだが、これは今の貨幣価値に直すと四千万円ぐらいとも、いや億でしょうと言う人もあってよくわからない。ともかく二十三歳という若さで財産家になってしまったわけだが、その蕩尽ぶりがまた、尋常ではない。実父、親戚縁者に借り倒されたということもあり、鉱山に手を出して失敗したというにしても、二十三歳ともなっていれば、借金を断固、断ることも出来た筈である。労せずして得た金銭は身につかずといってしまえばそれまでだが、この頃の金子光晴の金銭に対する態度は、ノンシャランというか、ルーズというか、古パンツでも脱ぎすてるようなあっけなさである。残り少なくなった時、第一回の外遊に出て、帰ってきたときには無一文になっていた。外遊費も含めて約三年間で消費してしまっている。ただごとならずである。

永井荷風は、自分の財産を守り、増やすことによって文筆家の自由をあがなったとも言える。これとても稀有のことではあるのだが、金子光晴は最初からその道を採らなかったわけで、そこに永井荷風以上の芸術家の稟質を見ずにはいられない。持てる物憂さをかなぐり捨て、ひりひりとそそけだつ生を手づかみにしたいという衝動は、どの程度意識的であったかはわからないが、初期にすでに内在していたと思う。

以後、関東大震災、森三千代との恋愛、結婚、乾の誕生と続くわけだが、否応なく赤貧洗うがごとしとなり、三角関係も起り、妻を捲きこんでの、或いは捲きこまれての第二回のヨーロッパ行となる。その頃を回想したものに「泥のなかに手をつっこまなければ小魚一匹つかめなかった。それがどんなにつらいことであったか」とあり、苦渋に満ちた道行は『どくろ杯』にもっともくわしい。

降りてゆく、墜ちてゆく、といっても金子光晴のそれは強いられたものではなく、他の手によってつき落されたものでもない。みずから選びとった主体的なものであったがゆえに「日本から弾き出された」という感覚はあったろうが、社会のしくみへの怨嗟は殆んど聞かれず、当時勃興期のコミュニズムにも走らなかった理由ではないだろうか。

日本脱出の契機は、三角関係（姦通罪）と、プロレタリヤ詩全盛で、自分のポジションを失った二点が挙げられているが、居づらいにしても、居て居られなくはなかったのであり、女の共有が流行した時代相であれば、似たような状況に居た人は、他にも沢山あったろうと思う。

第二回のヨーロッパ行きを思い立ったとき、或いはその途次で、降りられるところまで降りてやれ！　という下降への意志がはっきり出たのだと思う。妻子がありながらこういう蛮勇がふるえたのも、若い時金銭で苦しんだことがないということと対応するのかもしれない。

中国、東南アジア放浪の旅は、今までにも多く語られてきたが、パリ時代のことは伏せられたというか、触れられることすくなかった。そのために金子夫妻のパリ時代の、どん底生活の周辺から、いくつかの伝説が流布されている。それらの伝説は衝撃的で、人をしてたじろがせるに十分だが伝説の発生地帯に関して、現在、中央公論に連載中の「ねむれ巴里」はそのことを明らかにするかもしれないし、しないかもしれない。真偽のほどは、私にはどうでもいいことである。ただ、さまざまのショッキングな伝説が流布される、そんな地点まで、人間解体すれすれまで、金子光晴が降りていったのだということを知れば足る。

降りていった人、墜ちていった人は沢山居る。もっと凄じい煉獄を他動的な力によって這わされた庶民も多かろう。けれどそこから浮上できた人は、一刻も早くそれを忘れたがり、そんな汚辱の経緯はおくびにも出さず秘したがる。金子光晴はそこが決定的に違っていた。下降の途次で視たもの、底で摑んだむき出しの「人間の原理」「人間の地金」「人間の解析」を、たっぷり時間をかけて反芻し、ゆっくりと吐き出したのだ。『IL』の母胎もまたそこであろう。原理というものは、しっかり摑めば、どんな応用問題も解けるということだろうか。それからの長い道程のなかで、それは精密な計算尺のように、伸縮自在、見事によく働いている。「堕っこちることは向上なんだ」（『人非人伝』）と語っているが、この断定的な言葉がずしりと重いのは、人のよく為しえない反語的世界を生き抜き、みずからが成就してしまったところからくるものだろう。

詩を書くためには降りてゆかねばならない、それが唯一のルートだ、などと言うつもりはない。第一「手をぽっぽに入れている側」の人間としては、そんなこと言えた義理ではないし、詩がそれだけで説明し尽くせるものとも思ってはいない。

けれど、環境も、体験も、絶望の質も異なる人々の胸に、まごうことなく達してしまう金子光晴の言葉の秘密の根幹は、降りて行ったことと関係を持ち、手をぽっぽから出して泥まみれになったことと、深くかかわっているのは否定すべくもない。

どこを切っても血の噴き出すような、生きて脈打つ日本語たち、それらは生きるか死ぬかの境目で、何か大きな犠牲とひきかえでなければ、到底獲ることのできないものだろうか？

……
子は知つた。猿又なしでは
泥棒や乞食にもなれないと。
猿又なしでは、人前に
じぶんの死様もさらせないと。

子よ、貧乏なんか怕れるな。
岸づたひにゆく女の子を
水から首だけ出して見送る子よ。
かまはず、丸裸で追駈けろ。それが、君の革命なのだよ！
（「詩のかたちで書かれた一つの物語」）

安南国の伝説に仮託して書かれたこの詩にも、自画像は見てとれる。猿又までも盗まれて、すっぱだかになることが革命だったのであり、金子光晴らしく、あくまでもたった一人の革命だったのであり、あまりにも個人的事情によるそれでありながら、底深いところから他者をも鼓舞する声ともなろうとは！

最晩年

ことし（一九七五年）の四月十八日、山本安英の会主催の「ことばの勉強会」で、金子光晴さん、谷川俊太郎さん、私の三人で「詩のことば」についての鼎談をした。「ことばの勉強会」のほうからお話があったとき、金子さんのおからだのほうが心配で、私が様子を伺ってみることにしお電話した。

「十八日？　へい、へい、行きますよ」いともあっさり承諾され、「この間、山形から帰ったばかり、東京のほうが寒いですね」と意気軒昂たるものがあった。谷川俊太郎さんと私は、

——なるべく金子さんに沢山喋らせましょうよ。準備したり、ポイントを決めたりしたってその通りにゆく人じゃなし、ゆきあたりばったり出たとこ勝負で。

——そうね、質問しても、逸れ球あり、変化球ありで、それはそれでおもしろいんだし。

——金子さんの言葉尻をつかまえて話を展開させますよ。

――それがいい、それがいい。

ということになった。ジァンジァンなどで多くの詩人を招き対話シリーズをやってきた谷川さんならば、うまく捌《さば》いて下さるだろう、私は介添役になって道中無事ならしむことを一番の眼目にした。

結婚式に招待されても、その日をぐらりと間違えて後日現れ、「今日だ」と会場でがんばったりされる金子さんのことである、約束の日を忘れて、何処かへ行かれてしまったりしては困ると、それとなく注意を喚起しなければならなかった。

当日の夕刻、迎えにゆき、成蹊大学前から神保町の岩波ビルまでのタクシーのなかで、前後に何の関連もなく不意に妙なことを話された。「この頃は人が沢山死んでね、僕が見舞いに行くでしょう、ケロッとした顔をしているのはたいてい治るね、病室で僕の顔みてほろほろと泣くのがいる、そういうのは見てるとたいてい死んでしまうね」ひどく乾いた声であり、その言葉にはどきりとさせられた。人には話していなかったがその時、夫が糖尿病と肝機能障害の治療のため入院中であり、三カ月で退院できる目安がついているのに、なぜか涙もろくなっていたのが気がかりだったからである。私事には触れたくなく、避けられるものなら避けたいと思いながら、金子さんと夫の最晩年は奇しくもからみあってしまったので仕方がない。

人間のいろんな状態をしかと見届けてきた金子さんの「入院中泣いたりするのは、たいてい死ぬね」の言は、確率度すこぶる高かろうという気がし、いやな予感がひろがった。ありとあらゆる入院患者よ、泣いたりしてはいけない、けろりけろりとしていてね！と叫びたかった。

岩波ビル九階会議室での「ことばの勉強会」には二百人くらいの人が集って熱気でむんむんしていた。とっくりセーターの上に着物を着込んだ金子さんは、さぞ暑かっただろう。鼎談といっても、しかつめらしいものではなく、三人が自由にだべるのを二百人の人が聞くというややこしいことになっていて、人に読まれるのを前提とした日記みたいで、なんだか私はやりにくかった。

前列に陣どった女の子たちは、ノートをひろげ、講義でも受けるように、一言一句記録せずんばやまずの気配だった。谷川さんが開口一番「今日はノートなんか取るような話は出てこないと思いますよ、それよりも詩人が年をとるとどういうことになるのか、それもちゃんとした詩人がですよ、そういうのを見届けるほうが大事だと思うんだ。金子さんは頭脳明晰でちっともぼけていない、それにたとえばこの眉毛、この眼！じっくり見るべきです」みんながどっと笑い緊張がほぐれて、いっぺんに垣根がとり払われ、それからはノートを取ろうとする人も居なくなった。

「詩のことばについて」がテーマだったが別にそれにこだわらなくても、融通無碍に語ることがおのずから詩の核心にも触れるというふうで、谷川さんはもっぱら軟のほうを聞きたがり、私は彼の硬のほうの輝きをひっぱり出したいという違いはあったけれど、金子さんはそれによく応えてくれて硬軟とりまぜ実に柔軟に語ってくれた。最初予想したようなおとぼけや変化球はなく、まっとうな答がぴしりぴしりと返ってきた。今までにも何かを質問し答が返ってくるたびに感服させられたのは、どんな些細なことでも「僕はこう思う」ということがはっきりとしており、長年月かかって練りに練られた考えであり、答として出てきたものは飄飄とした軽みを持っていたが、日々の思索の積み重ね、底深さといったものを痛感させられてきた。

この日の金子さんの話や答にも非常に圧縮された含蓄があったのだが、若い人を含め二百人の聴き手たちは、それをよく受けとめ得ていたと思う。良質の聴き手に恵まれたからこそ、金子さんはハッスルされたに違いない。大勢の人の前で、こんなに気持よさそうに話されるのを初めてみた。二つのマイクは金子さんと私が使い、谷川さんはマイクなしだったから休憩時間に「疲れませんか」ときくと「じじいなんかに負けてたまるか！」とうそぶいた。往々にして親愛感をこんなふうに表現する癖のある人だが、幾らかは負けそうな気配も感じていたのかもしれない。それほどにこの日の金子さんは颯爽としていた。

自分の詩について聞かれて「ともかくここに僕がいます！」とテーブルをどんと大きく叩いた。その気迫に満場寂として声なく、やがて程のよい間を置いて「えばっちゃったね」と言われ、また笑いの渦になった。詩とはつまり「ともかくここに僕が（私が）います」ということに尽きるかもしれないのだ。

——谷川君は僕の詩なんか認めていない。

——いや、認めています。

——認めていない！

——しゃくだけど認めていますよ。

というやんちゃな一幕もあったりして、司会の藤久ミネさんが詩の朗読について問うたとき、「詩の朗読は駄目だけれどね、むかし活動写真館なんかで物売りの声色をすると、誰も気がつかないの」と言われ、谷川さんが「それを一声きかせて下さい」と所望すると、金子さんは一寸ためらってから悪びれず「おせんにキャラメル！　ええ　アイスクリー」と腹圧をかけての大声を発した。これでは本物と区別はつくまいと思われるほど堂に入っており、呆然ののちに大拍手が起った。司会者はチョンと拍子木打つように「どうもありがとうございました。ではこの辺で」とうまい幕の引きかたをした。

洒脱だったので高等落語のおもむきのある二時間あまりだったが、内容の質は高かった。「ことばの勉強会」のほうから当日のテープを再生して送ると言って下さったが、まだ届かないので記憶をさぐりさぐりの再現だが、詩について語られた部分など正確に掘り起しておきたい気がする。活字にしてしまえば、しかし、あの話術のたのしさは半減されてしまうだろう。あとで山本安英さんが金子さんの話の間の取りかたのうまさは役者として、是非学びとりたいもの、そしてまた「人間もあそこまで行きうるものなのか」という私的感想を漏らされた。

金子さんのよく使われた用語を拝借するなら「お鳥目」を頂いて三人は同じ車で青梅街道を西下した。荻窪近くになったとき「ぼく、ここで降ります。てんぷら食べてゆくから」と言われた。ああ何と外食の好きな方だったろう！　夜の九時半頃に一人降して去るわけにいかず、谷川さんともどもつきあうことにした。荻窪駅の階段下においしい天ぷら屋があってそこがお目当てだったが店はとっくに閉っていた。谷川さんがまめまめしく走りまわってくれ、ビルの地下に一軒ひらいていた飲食店を探し出し、なんでもいいやということで北海道料理と銘打った店に入った。メニューをみて注文すると、それは出来ない、これも出来ない、ということでおそろしく突慳貪な応待は金子さんならずとも「おどかされているみたいだね」だった。出来るものはお茶漬だけ。ビールを一本頼み谷川さんと飲んでいると「深酒はしないほうがいいよ、若い時大酒飲んだやつは、どうしても早く逝っちまうからね」孫にでも言うようなしみじみした口調で谷川さんの顔を視、「ぼくもあと、二、三年は生きます」と言われた。

まったくやる気をなくしている店、客はわれわれのみ、暗い電灯、さらさらかきこむお茶漬はいささか侘しかった。金子さんとは何度か食事を共にしたが、このお茶漬が最後の晩餐になってしまった。

それからまた車をひろい、今度は私一人が附添って自宅までお送りした。左折できずに成蹊大学前で降りると、十時をすぎた小路は深閑として人絶え、金子さんのつくステッキの音のみ、コッツン、コッツンとひびきわたる。二人とも黙って歩いたがさっきまでの陽気でサービス精神旺盛な姿とは打って変り、孤影悄然、その寂寥が闇のなかにまで滲んでゆくようにみえた。どちらもまぎれもなく金子さんだが、高座を降りた芸人のようでもあり、同日のうちにその両極端に接したことに一入の感慨があった。

自宅まであと十メートルくらいのところで、

――ちょっと待って……　おしっこ。

――あ、どうぞ、どうぞ。

というわけで少し離れて待った。ぼんやりしていて聞きもらしたが、しゃぼり、しゃぼりでなかったのは確かだ。なぜ家へ帰ってなさらなかったのだろう。門扉をあけ、玄関の戸を引き「ただいまァ」と言われるところまで見とどけて帰った。

金子さんの体調のことばかり案じていたのに、思いもかけず翌日、入院中の夫の容態が急変し、病院へ駆けつけた。それから一月あまり附きっきりの病院暮しが続いたが、小康状態を得たとき、とりとめのない話を聞きたがるふうが見えたので、金子さんの

「おせんにキャラメル」の声色を真似し、その日のことを語った。おかしそうに笑ったが、酸素吸入のためのビニール管を鼻孔に二つさし入れ、絆創膏で頰に固定してあったから、呵々大笑できず、ほっほっほという笑いになり、「面白かった？」ときくと「うん、おもしろかったよ」と言った。夫もまた金子さんに敬愛の念を抱いていた。

いつか金子さんが拙宅を訪れ、医師である夫に狭心症と心筋梗塞の違いなどについて質問されたことがあった。金子さんは夫を「先生、先生」と呼び、夫は金子さんを「あなたの場合は……あなたはですね」などと医師口調で〈あなた〉を連発し、私は大層具合の悪い思いをしながら黙っていた。後になってから「茨木さんとこの御夫婦は、他人のつけ入る隙はねえってもンだね」と言われた。ごくふつうの夫婦のつもりだったが、いろんな組合せの離合集散を視てきた具眼の士の言とあれば、並以上の仲のいい夫婦と太鼓判を押されたようなものであり、よその御夫婦には、他人のつけ入る隙がそんなにすかすか空いているものなのかしら？　と笑ったことがあった。

金子さんの「入院して泣いたりするのはたいてい死ぬね」という予言は的中してしまった。すぐ退院できる筈だった夫に、やがて肝臓癌の疑いが出て来、それが確定的なものとなり、おそろしい地獄を共に闘ったが、アッという間に逝かれてしまった。

五月末のこと、家でごく内輪の告別式をし親戚の者たちがすっかり掃除をし終えてくれた夕方五時頃、「金子です」と玄関口に出現されたのにはびっくりした。忙しい方々を騒がせるのは本意ではなく私の友人たちにも殆んどお知らせしなかったのだが伝えきいていらして下さった方は多かった。「吉野弘さんに聞いてね、一時からの告別式に間に合うようにと朝十時に家を出たの、お宅がわからなくなって今迄歩いて探しまわっていたの」という言を聞いて二度びっくりだった。七時間もほっつき歩かれたことになり所番地も電話番号も控えずふらりと家を出られたらしい。三度目の訪問に当るのになぜこんなに迷われたのだろう。上海時代、魯迅が「金子さんほど歩き廻る日本人は見たことがない」と呆れるくらいだったらしいが、その頃もこんなふうに地理も方向感覚も構わずに歩かれていたのかもしれない。近距離の拙宅を探しあてるのに七時間もかけた傑物は金子さんしかいなかろうと思っていたら、第二の傑物が現れた。岸田衿子さんだった。ずいぶん日を置いてからだったけれど衿子さんは小さなお嬢さんを連れ三時から夜の九時迄家の近辺をぐるぐる廻り、金子さんと同じく所番地と電話を失念し遂に大岡信夫人を車ともども動員し、六時間かかって辿りつき、白と紫のきれいな花束を捧げて拝んでくれた。思わず「衿子さん、長生きできるわ、金子さんぐらいはきっと」と言ってしまった。深い哀しみの底にあるときにも、天衣無縫というべきか度はずれなというべきか、ともかく時間なんか超越したような浮世ばなれのお二人に、淡い微笑を誘われたのを思い出す。

足の悪い金子さんは骨箱の前に片膝たてて座り遺影に見入り「幾つ？　ふうん、五十六ねえ、仏式でもないようですね」無宗教でやった告別式の残影をちらちら眺め、鉦もならさず線香も立てず、合掌もされなかった。「いま花屋から花が届きますからね、〈いささか〉からのいささかの志です」

「いささか」というのは金子光晴、中島可一郎、岩田宏、吉野弘、私とで二号迄出していた小詩誌の名である。香奠を供えてふっと私のほうを振りかえり、「いまは八方ふさがりに思うでしょうが、そんなことは何でもないの、心配しなくっていいの、僕だって八方ふさがりばかりだったけどね、こうして生きてきたんだから。その人間になんらかの美点があれば、かならず共同体が助けてくれるもンです」ふしぎなことを聞くものかな。

私のカランとした頭はそう思っていた。共同体など信じていなかったのが金子さんではなかったか。しかし時が経って何度か反芻するうち、やっぱりこの中には彼の人間認識なり哲学なりがかっきり嵌めこまれてあるのを感じ、自分一人の所有にしておくことは勿体ないと思われてくる。私以上に打ちのめされている人も多い筈である。風のように軽い、そして体験の裏打ちある故にずしりと重くもあるこの言葉を、敢えて書き記しておくことにする。

それだけを言うと、ひらりと身をかわすように帰ろうとされた。そこに居合せた女子大生のきれいな姪を選び、送ってくれるよう頼み、私も青梅街道まで出てタクシーをひろい、二人をお乗せした。空タクシーを待つ間、金子さんが「あの丸い、でかいものは何です？」と聞き「ガスタンクです」と答え、あとで考えると、こんなあっけらかんとした話が最終会話になってしまっていた。座席で陽気にいつまでも手を振る姿が見え、車は走り去った。

あとで姪に聞くと、自宅までお送りする筈だったのが、またしても「吉祥寺の近鉄デパートまでやって下さい。そこでごはんたべてゆきます」ということになり、「御一緒しませんか」と誘われたそうだが辞退して帰ったという。あとでまた聞いたところによると、その夜は渋谷に現れ「地球」のパーティに出席されていたということで、そのタフさに舌を巻きこの分なら大にがての六月を、今年もなんとかやりすごして下さるだろうと安堵していた。

その日は呆気にとられたが日がたつにつれ葬儀ぎらいを標榜していた金子さんが、わざわざ七時間もかけて来て下さったありがたさただならぬことに思えてきて、少し落ちついてから礼状したためたが、それを読んで下さったか下さらないかという、六月三十日に突如として訃報が届いた。「あ――」という声になった。家へ弔問に来て下さってから約一ヵ月後のことだ。

永久亡命という言葉が胸をよぎった。なぜなら最晩年の金子さんは、しきりに亡命への望みを語られたから……。

本気ともつかず冗談ともつかず「亡命したい」と口走られた。一番の原因は右翼からのいやがらせであったらしい。永井荷風の晩年とは正反対で、来る者は拒まず、従ってドスをのんだ右翼青年までまぎれこんでしまい、「まいったね」となるらしかった。ひんぴんとおどしに現れた右翼青年が次第に金子さんの人柄に魅せられて、恋愛ごとの相談まで持ちこむようになり、うまくまとめてやって、今はいい子、いい子と頭を撫でるしぐさをしながら語ってくれたことがあって、如何にも彼らしいエピソードとほほえましく聞いたことがあったが、すべてがそうであったわけではない。

「いささか」の会合でも亡命のことが話題になること多く、喘息持ちだから寒いところは駄目だ、ならばタヒチ島はどうだろう、亡命するにも金が要る。大出版社か大新聞社から借りればいい、そういうところほどケチであって、第一昨今、そんな太っ腹な編集長などいるわけがない、紀行文を書くからと前借りすればいい、もう書くのは厭だ、書かなくてもいいんですよ、あとはドロンすれば……「でも、おばあちゃんがいるからね」その一言でなんとなくみんなシュンとなって黙りこむというふうだった。この話が出るたび私はひそかな憤りを感じた。ひとにぎりの右翼にせよ、それは象徴的なことであって、結局日本の社会は、今に至るも一人の金子光晴を許容できない狭量さで満ちているのではないかと。腹だたしく、情なかった。

森三千代夫人のかたわらで、苦しまれず、前借りもせず、義務も負わされず、税関も通らず、ふっと見事に永久亡命を果されてしまったのだという感慨がきた。

「ことばの勉強会」で金子さんは「僕が死んだら、よく考えてみて下さい」という一句を吐かれたが、あの言葉は限りなく重い。

金子さんの笑顔を私は愛していた。性格には仙と俗とが入りまじり、その配分は絶妙だったが、あの笑顔は仙そのものだった。沈思の表情を捉えた写真には傑作が幾つかあるが、笑顔のあの一瞬の美しさを捉えきったものにはまだお目にかかっていない。レンズでは捉えきれない何かがあったようにも思う。

夫の笑顔も私は好きだった。五月末と六月末とに、二つながらに消え失せてしまい、もう二度と接することができないのだという思いは、足もとのぐらつくほどの哀しみである。

山本安英の花

　桃李言わざれども下おのずから蹊《みち》を成す

という中国の古い言葉があるけれど、ことごとしく自己宣伝をしなくても、桃や李は馥郁《ふくいく》と咲くことによって人々を惹きつけ、その下には自然に道ができてしまう、という意味なのだろう。子供の頃の習字の手本にこれがあり、何度となく書かされたので、いまだに覚えている。この美しいたとえにぴったりの人を今の日本で探すなら、山本安英さんの奥ゆかしさが一番ふさわしいと、いつも憶う。

　今年（一九七五年）、朝日文化賞を受賞されたが、賞を受けようと受けまいと山本さんの値打にいささかの変りもなけれど、この喧噪の世の中で見るべきものを、ちゃんと見ていた人もあるということがわかったのは、大層うれしいことだった。半世紀を超えるひとすじのお仕事のなかで、山本さんのまわりにはどの時代にも自然にいくつもの沢山の道が出来、あるものは途絶え、あるものは今に通いあい、お人柄にしろ舞台にしろ、その香気に触れえたことを大切に思っている人々は実に多い。

戦後の昭和二十二年頃、当時戯曲を書こうとしていた私は、不思議な御縁で山本さんにめぐりあうことができた。この出会いは私の人生において決定的なものだったと今にして思う。はたちちょっとすぎの小娘だったのだけれど、そして山本さんの過去の業績もおぼろげにしか知らなかったのだけれど、殆んど直観的に、そこにすばらしい女性を発見したのだった。敗戦直後のこととて、頭は千々に乱れ、何が価値あるものなのかわからなくなり、そして大人全体を軽蔑しきっていた――と言うと今の若者とそっくりということになる。そういう生意気ざかりにめぐりあったのだが、山本さんのお話を伺えば、人生に対するすぐれた指針を与えられそうな予感がしきりにし、それから三年ばかり実にひんぴんと山本家を訪れることになったのだが、当初の予感はまったく適中した。教訓的にではなく、さりげなくまったく御自身のこととして話されるもののなかに、汲めども尽きない叡智があって、それらは肉親からも学校の教師からも遂に与えられることなくきた何か重要なものなのだった。当時山本さんは長野県諏訪の疎開さきから上京されたばかりで、戦争で家を失い、中野駅近くの茶統制組合の二階に間借りされており、それから高円寺、柿の木坂、板橋など転々と間借り生活を六回もされ、なにもかも御不自由がちの生活にみえた。

九年にわたったという胸部疾患が、まだしっかりとは恢復されていない頃で、床についておられることも多く、

「あ、今日は失礼いたします」

と帰ろうとすると、

「いいえ、いいんですよ、さあ、どうぞ」

とひっそりと床の上に起きあがり羽織の袖に手を通されたりする。そんな何気ないしぐさにも女優さんならではの優雅さが匂い、ほれぼれとしながら、枕もとでむさぼるようにお話を伺った。電話もなかったから御都合を伺うこともせず毎度ズコンと現れてしまい、今にして思えばその無鉄砲さに冷汗が出る。さぞ御迷惑な場合も多かったろうに、少しも厭な顔はなさらず、やさしく真剣に応対して下さり、人に紹介するときは、

「私のお友達です」

と言われた。

或るとき、

「人間はいつまでも初々しさが大切なんですねえ、人に対しても世の中に対しても。初々しさがなくなると俳優としても駄目になります。それは隠そうとしたって隠しおおせるものではなくて、そうして堕ちていった人を何人もみました」

と言われた。活字にしてしまえばなんでもなくなるかもしれないが山本さんの唇を通して出た言葉は私に、大変な衝撃を与えた。その頃私は早く大人ぶりたくて、大人になるということは、すれっからしになることだと思い込んでいた浅はかさで、それは言動

にもちらちらしていたに違いない。山本さんは私の背のびを見すかし、惜しんでふっと洩らして下さったに違いない。頓悟一番というと大げさだが、その時深く悟るところがあった。

他人に対するはにかみや怖れ、みっともなく赤くなる、ぎくしゃく、失語症、傷つきやすさ、それらを早く克服したいと願っていたのだけれど、それは逆であって、人を人とも思わなくなったりこの世のことすべてに多寡《たか》をくることのほうが、ずっとこわいことであり、そういう弱点はむしろ一番大切にすべき人間の基本的感受性なのだった。年老いても咲きたての薔薇のように、初々しくみずみずしく外に向って開かれてゆくことのほうが、はるかに難しいに違いない。そのことにはたと気づかされたのである。以来、自分をスマートに見せようというヤキモキが霧散した。十数年を経て、この経験を「汲む」という詩に書いた。

――Y・Yに――という副題をつけたが、Y・Yとは誰ですか？　と尋ねられても今まであまり話したことはないが、山本安英さんの頭文字なのである。「汲む」という詩は、今の若い人にもすっと入ってゆくようで、この詩に触れた高校生からの手紙を貰ったりすると、時代は変っても青春時代の感覚には幾つかの共通点があるのだなと思う。こんなふうに、他者から他者へとひそやかに、しかし或る確かさをもって引きつがれてゆくものがある。こういう道すじは、なんと名づけたらいいものなのだろう。

その頃、山本家にはいつも二人のお母様がいらして、一人は実母の小柳トメさん、一人は養母の山本サダさんであった。お二人は姉妹であったが、実母の小柳トメさんは、この世のやさしさばかりを集めたような、えも言われぬいい人相をしておられ、養母の山本サダさんは江戸の女を思わせる、一寸おきゃんな張りのあるおもしろい方で、お二人とも私は大好きになってしまった。お二人はいつも寄り添うようにして、暮しのこまごまとした煩いを一手に引き受けていらした。いつ伺っても狭い部屋はきれいにかたづいていた。

どの家であったか、やはり間借りの不自由さのなか、庭の手押しポンプで、真冬、白菜を洗っていらした寒そうだったお母様たちのお姿が、まるで昨日のことのように目に浮ぶ。

山本さんの書かれたものを読むと、子供の頃から赤貧洗うがごとしで、女手一つで四人の子供を育てたのが実母の小柳トメさんで、それを見るに見かねて養女として引き取り、女学校に通わせ、やがて医師の夫の猛反対を説得し、十一歳ごろからの女優志願の初志を助けてくれたのが養母の山本サダさんである。女優志願は芸ごとが大好きだったということの外に、女優になってお金を儲けて母や一家を楽にさせてあげたいという動機も含まれていたのに、皮肉にも儲けるどころか持ち出しにつぐ持ち出しのような新劇史の、その第一歩から歩むことになったのである。

初舞台は一九二一（大正十）年だが、昭和初期から敗戦まで、次第に色を濃くしてきた思想弾圧、逮捕、商業主義の誘惑、劇団の分裂、解散へ――と、もみくちゃに追いこまれながら、栄養失調すれすれのところを、共に生き抜きながら、二人のお母様は、

「おまえ、どんなに貧しくとも、いやなことはおしでないよ」

折にふれて言われたという。どんな意味でも妥協するなということだったろうが、一見素朴なこの言葉がどれほど山本さんを支えたかしれないと思う。やるべきこと、やりたくないこと、その判別のできる娘だという信頼がなければ出てこない言葉だし、またこの母たちの言に正当に応えていった山本さんも、なんと見事な娘であったろう。

実母の小柳トメさんが八十九歳の長命を得て亡くなる寸前、

「皆さんの間から、いつのまにかそっと消えてなくなりたい。ただ、もし、お通夜の晩に来て下さる方があったら、おなかだけは一杯にさしあげておくれよ」

と言って逝かれたという。時代が変って、なにがなんでも痩せねばならぬと腐心しているような今の世では、ユーモアさえ感じる人があるかもしれない。けれど私は、この中に小柳トメさんの長い長い辛酸の暮しが圧縮されているのを感じ、そして人々への思いやりという特質も最後まで失われてはいず、この短い一言は、はからずもその生涯を象徴してしまっているようで、思い出すたびに胸が痛くなってくる。

私が伺った頃は六十代か七十代の筈であったが、つぶさに貧乏をなめつくしたという陰は微塵もみられず、お二人とも代々続いた裕福な家の刀自といった趣があり、その頃も不思議に思ったが、私も二十数年の主婦稼業を経るうち、いよいよ不思議の感が深まってゆく。お金がなければいらいらとし、心も暗く萎えしぼむ。なぜあの方たちはあんなふうに清冽に、心の世界に金銭を一切入り込ませないという至難のことを、らくらくと果されていたのであろうかと。これは山本さんの芸術にもそのままあてはまるのだが。親孝行の山本さんのことである。もしお二人のお母様から「なんとかもう少し考えておくれ」という言葉がちらとでも出たら、自分なんかどうなってもと崩れることを辞さなかったかもしれない、そうすれば「夕鶴」のつうを今日、私たちは、あのように醇乎たるものとして得られたか、どうか。

何度観ても、「夕鶴」の終幕に至ると、涙、滂沱のありさまとなって、客席が明るくなるとはなはだ困ってしまう。呆然と立つ与ひょうと共につうの行方を追いもとめながら、手に重い千羽織――これは布にして、布のみにあらず、山本さんの「生きるとは何か？」「人間の仕事とは何か？」という半世紀に亘る、問いと答が、観客一人一人に、ずしりと手渡されたような感慨を私はいつも持つ。

未来社から刊行された『山本安英舞台写真集』は写真篇と資料篇とから成り、すばらしい編集だが、この頁を繰っていると、目、眩む思いのしてくることがある。新劇史を生き抜いたと同時に、あの小柄でほっそりとしたおからだは、昭和史をも集約して体現しているかのようだ。実際、愛宕山時代のNHKで本邦初のラジオドラマ「炭坑の中」(大正十四年)に参加している若き日の山本さんの姿など発見すると、私などまだ生まれてはいず、そのはるかな道のりに茫となる。

戦時中、新劇女優としても女としても、遂に時流に押し流されることのなかった人としても特筆に値し、触れたいことは多くあるけれど、一番強く打たれていることを一つだけ記すことにする。

長い歳月の間には否応なく愛する方々との死別が続いた。画才があり姉の良き理解者であったのに貧窮のなかで夭折してしまった弟さん、師であり同志でもあった小山内薫氏、土方与志氏の死、たった二年間の結婚生活ののち東大病院の施療室から送らなければならなかった夫君藤田満雄との別れ、親交のあった丸山定夫氏が原爆でやられたのをはじめ、沢山の仲間たちの無残な死、戦後は「夕鶴」の名演出家であった岡倉士朗氏を失い、そして「二人の母と私とは三本足の鼎で、その一つを失ったらお互いにとても立ってはいられない」と書いた母君二人との遂の別れ。

どの一つをとっても感受性の鋭い山本さんにとっては耐えがたい打撃であったに違いない。けれども〈つう〉がよたよたとなりながら、しかし最後のところでは自己を見失うことなく毅然と飛び立ってゆくように、山本さんは打撃によく耐えて結局は常にきりっと飛び立ってきたのだ。舞台写真集を繰ると、どの頁からも可憐で、いじらしくて、けなげで、たよりなげで、勁くもあった、飛翔の姿が透けてみえるのである。それはまっすぐに〈つう〉の演技にも通じている。

　世阿弥は、能役者の心得を説いた『花伝書』のなかで「花」ということを言い、五十歳を過ぎて尚、残った花があるならば、それこそが真の花であるという意味のことを言っている。視点を一寸ずらせば舞台人ばかりではなく、ふつうの生活人にも当てはまり、そこがなんともおっかない書であるけれど、山本さんの舞台には、世阿弥言うところの「真の花」がある。若さの持つ移ろいやすい一時期の花ではなく、もっとしかとした花を持ちたい、眺めたいというのは男女を問わず人々の心の底にある憧憬で、それが確かに感知されるからこそ「夕鶴」は上演回数七百回を超え、更に各地で求めつづけられるのだろう(註)。

　昨年(一九七四年)の秋「新しい稽古場が出来ましたから一度みにいらして」とお誘いを受けて見学させて頂いた。駒込千駄木町の自宅の庭をつぶして建てられた十五坪の稽古場は、簡素だが立派なものだった。天井が高く、

「これなら薙刀《なぎなた》をふりまわしても大丈夫」

と作った大工さんが言ったとか。戦後ずっと借りることのできていた本郷の東大YMCAが取りこわされ、そこでの稽古場を失ってどうしようもなくということだったが、それにしてもである、私は瞠目させられた。今はたった一人のお暮しになられたのに御自分の老後などの念頭になきがごとく、私財を投じ借金もされ、戦後歩みを共にした「ぶどうの会」の解散後、ふたたび自然に山本さんのもとに集まってきた更に若い人々と、共に稽古する場所を、みずから提供されたということに。その気概と、いつまでもみずみずしい初心とに。ここでも、次の飛翔の準備への、かそけくも新たな音を聴く思いだった。

場といえば一九六七年に発足した山本安英の会主催の「ことばの勉強会」も逸することができない。毎月第三金曜日、神保町角の岩波ビル九階集会室で、夜六時から九時迄、さまざまな角度から日本語の表現術を考えてゆこうとしており、毎回百人前後の熱心な人々が集まり、既に八十回を超えた(註)。山本さんならではの場の提供である。一回こっきりの人もあるし何度も足を運ぶ人もあり、それはまったく自由なのだ。私もときどき聴講させてもらうが、老若男女の別なく外人もちらほら交る開かれた空間と時間のなかで、いつも日本語についての考えるヒントを与えられて帰ってくる。

どんなに講演料を積んでも動かないような、ふだんはとても接しられないような、あまのじゃくで優秀な方々が講師となられ、山本安英の会ならば、と進んで話されるのを聴けるのもたのしい。現在ばかりでなく山本さんに協力を惜しまなかったすぐれた男性たちは過去のどの時代にも居た。桃李の香にひきよせられるように、ほんとうに自然に。それはびっくりするぐらいの量と質である。

悪名高き日本男性でさえ、山本さんには思わず知らず手をさしのべ、共闘し、支援させ続けることになったその源は何なのか？

さまざまな女性運動を押しすすめている人々にとっても、これはぜひとも学びとりたい戦術（？）ではないだろうか。何一つそれらしきことは言われてはいないけれど、その著書『歩いてきた道』『鶴によせる日々』『おりおりのこと』には、読者次第でその秘密を解けるような鍵がひっそりと隠されてある。「採れるものがあったら存分に採って下さいな」とでもいうふうに、これもまた「秘すれば花」の風情なのだった。

（註）「夕鶴」は最終的に千三十七回の上演。
「ことばの勉強会」は二十五年間続き、二百七十九回をもって、山本安英の死と共に終えた。

花一輪といえども

木下順二氏のお母様がなくなられたと、或る人から伺ったのは、一九七二年の春で、お命日から一か月も経ってからだった（ほんとうは御母堂と書くべきところ、あまりに硬いから、やはりお母様にさせて頂く）。

お母様は直接存じあげないが、以前、「週刊朝日」のグラビア頁に「母を語る」というコーナーがあり、お二人の写真が載っていたことがある。その時の木下さんの文章によれば、英語も良くされ、明治時代の文豪とも交流のあった方だそうで、そんなことも伺わせるに足るお姿だったが、小柄で上品なその笑顔は「おんにょろ盛衰記」の老婆、「二十二夜待ち」の藤六の婆さまなどを聯想させる愛らしさだった。

山本安英さんの造型した、これらの主人公は、何ものにもとらわれず飄逸で「家へ連れかえって大事大事にしたいようなおばあさん」と当時評されたが、童女型のかわいいおばあさんを創りだした木下さんに、現実のお母様からの投影は非常に大きかったのだと、その時、初めて気がついた。

なぜか、世のしきたり通りのとむらいかたはなさるまいという気が漠然として、香奠もひかえ、弔文だけをお送りしたのだが、折返し黒枠の葉書が封筒に入って届いた。往復葉書状の見ひらきに印刷された挨拶は、一読、一陣の涼風ふきわたる思いにさせられた。

「母　三愛（みえ）子、一九七二年三月十一日、十八日間ほどの臥床ののち、満九十三歳に一ヵ月を余して安らかに昇天いたしましたので、ひとことお知らせ申しあげます。病名は脳栓塞ですが、実際には何の苦痛も伴わぬ、老衰による平穏な終焉でありました。

亡母と私とは、お互いそれぞれ、死後の儀式はすべてやめようと、何度も（第三者の前でも）話しあって約束しておりました。それはプロテスタントの母親が無宗教の息子に説得されたなどというには、その都度あまりに自然な合意であり、合意というより、各自それぞれの発想をもとにした一致だったと思います。

その発想の中身をここに長々しくしるすことはさし控えますが（いずれどこかに書くつもりですが）右の事情に従って今回もこのお知らせをお届けするのみにとどめ、通夜、葬儀、告別式など一切おこないません。この手紙落掌のおり、お受けとり下さった方々おひとりびとりの自然なお気持に添うて、一度だけしばらく故人のことを思って頂ければ、それが故人の最も喜ぶところ、以て霊まったく安まるというのが、私どもの本心であります。

そのような次第ですので、御香料そのほかも勝手ながら花一輪といえども御辞退申しあげます。一輪のお志を受けてしまうことは、大輪の花環を御辞退する理由をなくさせてしまいます事情、どうか御諒察下さいますよう。このお知らせに対する御返事、御弔詞などもまた一切必ず御無用とお考え下さりたく、重ねてお願い申し上げます」

達意の文章もさることながら、母を送る息子としての、この世の俗悪無残を一切受けつけまいとする気概に打たれたのである。花一輪たりとも辞すためには、ふつうの葬儀を営むより何層倍かのエネルギーを要したことだろう。

以下はまったく私個人の感想になるのだけれど、私は葬儀万般が嫌いである。好きな人は無かろうと思うものの、とむらいとなると変にいきいき楽しそうになる人もあるので困却する。生れた時は訳がわからないのでお宮まいりに連れて行かれようが、七五三の珍なる衣裳を着せられようが仕方がないが、生涯のしめくくりは「このようにする」と言い残すことはできるのである。

派手ずきの人は一世一代派手派手とやれと言い残すのもいいだろうし、死後のことなんか知っちゃいない御随意に、も一理だが、送りかた送られかたは、もっといろいろであっていい。千差万別であっていい。ただ地方では自分流のやりかたを貫くには、大変な勇気が要ることだろう。

おしなべて遺族があまりにもパターン通りうしろ指さされぬよう汲々とし、また疲れきって度をうしなったところを大波にさらわれるように人々の手で万端運ばれもする。弔問客もなにがさておき、おっとり刀で駈けつけるスタイル。

永訣は日々のなかにある。

日々の出会いを雑に扱いながら、永訣の儀式には最高の哀しみで立ち会おうとする人間とはいったい何だろうか？　席を変えてお酒などのむ時もしみじみ故人をしのぶでもなく、仕事の話、人々の噂で呵呵大笑、あっけにとられるばかりである。好きな人であればあっただけ行きたくなくなってくる。

行かないことは、また来てもらわないことでもある。この葉書を大事に今まで保存してきたのも、いつの日にか私のための良き参考にと思ったからであった。

谷川俊太郎の詩

谷川俊太郎の最新の著書の一つに『ことばあそびうた』がある。ひらがなばかりで成り立っているこれらの詩は「母の友」に連載されていたもので、連載の当時から私は注目していた。

ひらがなが読める子供なら、一つ一つを辿っていって十分たのしめるだろうし、何よりも大人が読んでわくわくするほどおもしろい。

大人のなかに、まだ子供の部分の保たれている人にとっては。

児童文学を特殊のジャンルのように、かっきり枠づけることを私は好まない。いつか、なだいなだが書いていたが「フランスでは、三銃士を子供が原文のまま読んでたのしみ、大人もまた同じようにたのしむ。字の読める子供から老人に到るまで、年齢に応じて理解し、それぞれの仕方でたのしめる本が多いのだ」ということだった。日本の児童文学と言われるものにも、そうした良さを持ったものがないではないが、まだまだ乏しいという気がする。

『ことばあそびうた』はそういう意味で、非常にこちらを満足させてくれたし、新しい創造に思われた。

やんま

やんまにがした
ぐんまのとんま
さんまをやいて
あんまとたべた
まんまとにげた
ぐんまのやんま
たんまもいわず
あさまのかなた

ばか

はかかった
ばかはかかった

たかかった
はかかんだ
ばかはかかんだ
かたかった

はがかけた
ばかはがかけた
がったがた

はかなんで
ばかはかなくなった
なんまいだ

フォーク・ソングのグループの人たちと話しあったりするとき、私はよく言う。「フォークの面目は歌詞も作曲も自分たちですることでしょう? そして歌詞を必要とするなら、もう少し言葉をケンキュウした方がいい。谷川俊太郎さんとか、プレヴェールの詩集なんかひもどかれては如何ですか？」神妙に聞いていてくれるが、その後いっこうに寝そべったような歌詞の在りよう変貌せず、おもしろくなるどころか、つじつまの合わなさ、曖昧さにおいて依然、聞くものを苛立たせているのをみると、読みとるということも、また難いかなと思わせられる。

き

なんのきこのき
このきはひのき
りんきにせんき
きでやむあにき
——後略——

十ぴきのねずみ

おうみのねずみ
くるみをつまみ
さがみのねずみ

さしみをうのみ
つるみのねずみ
ゆのみでゆあみ
ふしみのねずみ
めやみになやみ
あたみのねずみ
はなみでやすみ
あつみのねずみ
むいみなそねみ
きたみのねずみ
はさみをぬすみ

いたみのねずみ
かがみがかたみ
たじみのねずみ
とあみがたくみ

おおすみねずみ
ぶきみなふじみ

ねずみは嫌いだが、「十ぴきのねずみ」は大好きだ。

『ことばあそびうた』を、もしあの人がやったらどういうものになるだろうか？　この人がやったらどういうものが出来るだろうか？　好きな詩人の誰彼を想定してみる。そして、それぞれにおもしろいものとして浮かぶのだが、架空のそれらと、谷川俊太郎のものとを比較して、谷川俊太郎の個性として分離できるものは何だろうか？　思うにそれは「日本語へのなつかしみ」という点に於て立ちまさるだろう。

「日本語の端正さへの志向」に於て群を抜くだろうと思うのだ。いかに高尚で、深遠な内容を持とうとも、読んで「日本語へのなつかしみ」を誘い出されないものは詩として失格だという考えが、どうも私の奥深くにあるようだ。英詩には英語へのなつかしみが、ドイツ詩にはドイツ語へのなつかしみが、ロシヤ詩にはロシヤ語へのなつかしみが、漢詩には漢語へのなつかしみがある筈である。それが基点となって書かれ読まれていくのだろう。

総体的にみて、日本の近代以降の自由詩はそれを取り落してきてしまったなあ……と思うのである。

谷川俊太郎の日本語に対する感受性、なつかしみの感情(もしくは憎の)、どんなに破格を試みても、どうしようもなく匂ってくる端正さ、これらのきわだった特色は別に『ことばあそびうた』で突如として出てきたものではなく、第一詩集『二十億光年の孤独』から一貫して流れつづけてきたものであることが重要である。日本語をサディスティックに扱い、醜悪あられもない悲鳴を挙げさせている例は皆無といっていい。

たそがれ

たそがれくさかれ
ほしひかれ
よかれあしかれ
せがれをしかれ

たそがれくまかれ
きつねかれ
けれどおちうど
かるなかれ

たそがれはなかれ
みずながれ
なかれたたかれ
かれののわかれ

これは集中の傑作で、哀しくなるくらいのものである。終連で、子供だったら他愛もない喧嘩、しかし彼らにとっては全世界でもあるような喧嘩わかれのことを思い出すかもしれないし、大人だったらもっと情痴のからまりついた生きわかれの場面を想起することになるだろう。韻を踏み、日本語を単純の極にまで押しつめ、表音主義とも表意主義とも、どちらにも取れ、かつ、詩に必要な感情の世界をも定着しえている。

いるか

いるかいるか
いないかいるか
いないいないいるか
いつならいるか
よるならいるか
またきてみるか

いるかいないか
いないかいるか
いるいるいるか
いっぱいいるか
ねているいるか
ゆめみているか

実にうまいもので、今の、語呂合せや駄じゃれの得意な子供たちに、すっと入ってゆくだろう。これらはナンセンス・ソングとして、しめくくられるかもしれないが、そんなレッテルを貼ってしまうことに私はためらいを覚える。

『ことばあそびうた』は谷川俊太郎の傍系の仕事とは思わず、児童文学のジャンルとも思わず、本格的な詩集と目して少しもおかしくはない。

「母の友」に連載中、愛読していることを告げると、彼は「気楽に書いているように見えるでしょう？　だけど本当は違うんだ。一篇に一月以上かかって、〆切までひいひい言って書いてるんだ」と言った。普通の詩以上に心血そそぎ、一篇一篇が七転八倒の末、出来上ったものであることを知ったが、そういう裏話があるから本格的と言っているのでは勿論ない。

今年（一九七三年）の「国文学」三月号に「原初的感性——忘れものの感覚について」という文章を書いた。その時、谷川俊太郎の、

「かなしみ」　（『二十億光年の孤独』）

「愛—パウル・クレエに」（『愛について』）

の二篇を引用し、この二つの詩を語ることによって、日本の原初的感性の欠落部分を照らし出すという方法に、期せずしてなってしまった。これは、その場の思いつきではなく、長く私の中にあった谷川俊太郎理解の骨子とも言うべきもので、それはそう簡単

に動かないから、ここでまた一部をくりかえすことになってしまうが、谷川俊太郎の今までの全詩篇のなかで、その中心部——核とも言うべき詩は第三詩集のなかの「愛—パウル・クレエに」であると断言した。

愛　Paul Klee に

……

たちきられたものをもとのつながりに戻すため
ひとりの心をひとびとの心に
塹壕を古い村々に
空を無知な鳥たちに
お伽話を小さな子らに
蜜を勤勉な蜂たちに
世界を名づけられぬものにかえすため
どこまでも
そんなにどこまでもむすばれている
まるで自ら終ろうとしているように

まるで自ら全いものになろうとするように
神の設計図のようにどこまでも
そんなにいつまでも完成しようとしている
すべてをむすぶために
たちきられているものはひとつもないように
すべてがひとつの名のもとに生き続けられるように
樹がきこりと
少女が血と
窓が恋と
歌がもうひとつの歌と
あらそうことのないように
生きるのに不要なもののひとつもないように
そんなに豊かに
そんなにいつまでもひろがってゆくイマージュがある
世界に自らを真似させようと
やさしい目差でさし招くイマージュがある

パウル・クレエに捧げられたものだが、彼は自分自身をもよく語っている。人をも含めた地球の性格のなかの〈やさしさ〉への荷担、それへの決意と言ったらいいだろうか。多くの詩は、この核を中心に放射線状にひろがり、豊穣なヴァリエーションを成す。これから書かれるだろう多くの詩も、波紋となって拡大されるだろうが、収斂さるべき一点は「愛―パウル・クレエに」だろう。

言いかたを変えるなら、彼の主題は「愛―パウル・クレエに」であり、今も孜々《しし》として書きつがれているフーガである。

他の詩人たちをみた場合、中心部――核となる部分をはっきり摑み出せる人と、中心部がキョロキョロ動いて捉えがたい人とがある。どちらがいい、どちらが悪いではないが、谷川俊太郎は前者であり、私にとって、この詩は谷川俊太郎理解のマスター・キイになっている。この詩に現れた〈親和力〉への熱い希求は、ほぼ完璧で、まったくいい詩を書いてしまったものだ。〈親和力〉とはまた古風な言葉が出てきてしまったが、外に言いようもないから仕方がない。

少年時代から既にいい詩を書いてしまっていた彼は、それから長く「愛」という言葉と実態にこだわりつづけた。だいぶ昔、「俊太郎ごとき若僧に、愛について教えてもらう必要はない」といった年輩詩人がいたけれども、年輩詩人の愛は「男女の愛」を指し、谷川俊太郎の愛はそもそもの当初より、もっと多くを包含した「宇宙的愛」というものへの志向を持っているのだから、その感じかたの落差が少々おかしかったのを覚えている。

「愛―パウル・クレエに」は『ことばあそびうた』を見る上でも、十分適用される。単語としてばらばらに散らばっている日本語、生命のあるような、ないようなそれらに、彼は一寸手を貸しただけのようなそぶりで（実際には苦闘して）新しい息を吹きこみ、日本語の親和力を開示してみせてくれている。『日本語のおけいこ』時代よりも更に冴えた形で。

自己表現のための道具として言葉を操り、ねじふせているのではなく、日本語自身の晴れ姿（？）のためにだけ手を貸している。主語がないせいでもあるだろうが、長い時間をくぐりぬけ否応なく推敲されてきた古民謡の詞と、一脈相通じているものがある。敢えて言うなら品格だ。

「愛―パウル・クレエに」が谷川俊太郎の詩篇の核であるという説は、今までになかったような気がするので、これは私の谷川俊太郎発見と言えるかもしれない。もちろん、これが唯一無二の真実だなどというつもりはない。別の観かた、捉えかたもある筈である。

そして、この詩を谷川俊太郎の中心部に置くという捉えかたには、谷川俊太郎の今後に対しての、私の強い願望も含まれているらしい。詩人として生きる以上、生涯、このみずからが結晶せしめた中心部を見失ってくれるな、踏みはずしてくれるなという願い。

彼はみずからを責める人であり、自己検証を怠らない人だ。彼の反省癖には、まだ中学生のような初々しさがある。それは柔軟性として彼をなかなか老いさせない良さとなっているのだが、同時に何かの拍子に、だだっと足場を崩しかねないという、かすかな危惧の念にもつながる。不合理きわまる神託に、何時いかれないものでもないという。「居直るところは、もっと居直っていいのよ、谷川さん！」と言いたくなることは、しばしばある。

「脱皮せざる蛇は滅ぶ」というけれども、谷川俊太郎はそのことをよく知っている。鼻下にひげを蓄えたり、まもなく剃りおとしたり、丸坊主に近くなったり、また髪をのばしたり、ホテルでメキシコ人に間違えられればメキシコ人になりすまして出てきたり、かなり忙しいが、これらは外部にあらわれた脱皮への欲求だろう。

彼の十代後半の詩から、ずっと接してきた者として視ると、その詩の質も微妙に変ってきている。特に連作「鳥羽」のあたりから、苦渋の色を濃くしてきている。これは洗い出されてきた直截さともいえるし少年（妖精）のうたから、生活にからめとられた大人の詩への脱皮であり移行でもあった。

「このごろのあなたの詩には、男の苦味のようなものが強く出てきましたね」

と、つい最近、私は言った。

「中年の魅力！」

と彼は即座に言い放ったので、

「ええ、まあね」

と笑い、それで話は別のほうへ逸れてしまった。その時、言いたかったことといえば、あなたは自分の若さというものに、きわめて忠実な人だった。歳月を経て自分の若さを振りかえったとき、とんでもないものに取り憑かれていた〈間違えていた若さ〉に、しまった！　と臍かむ思いをする人は多い。けれど、あなたにはそうした悔いはまずないでしょう。若書きへの照れはあっても。

正直さと自分自身への誠実さとの成果でうらやましいことです。人はそれを育ちの良さでかたづけてしまうことが多いけれど、私はそんなものとは思っていない。人一倍の力闘があった筈です。環境の如何にかかわらず、自分が自分の教師になりえた、自分で自分を育てえた、すぐれた例として、対比的にたえず思い出されるのは、谷川俊太郎さんと石垣りんさんです。謙虚さにおいて、自分の育てかたにおいて、お二人は、私には、まったく等価値の存在にみえている。中途半端な学問をして、みずからの感受性を曇らせる、ということからも無縁であった点でも似ています。

一寸それてしまったけれど、谷川さんもはや中年、自分の若さに忠実であったように、自分の中年にも、その隅々に至るまで忠実であってほしいな。そして同じく「やがて来るだろうあなたの老年にも」というようなことだったのである。

人が辿る年齢の曲線を詩人もまた素直に辿らなければならない。若さの表現がずばぬけていたためか、特に彼にはこの義務が強くありそうに思えるのだ。けれどこれだけでも言いつくせない。詩を書く人間は、どこかで、年齢をまったく超越しなければならないだろう。でなければ詩を書く活力なんか生まれてきっこない。この相反するもの二つとも手離せないということ――そのことをも谷川俊太郎はよく知っているように思える。

……

でも何もかもつまらないよ
モーツァルトまできらいになるんだ
（「夜中に台所でぼくはきみに話しかけたかった」）

ゆゆしき二行。にがよもぎ。思わず「あれ本当？」と聞いてしまったのだが、「モーツァルトがいやになる日もあるし、ききたくなる日もある。だけど、そう書いちゃ詩にならないでしょう？　それに第一、みんな告白詩としてしか読んでくれないんだナ」この答は非常におもしろかった。

そういえば青春讃歌を書いていた若き日、彼は「何もかもつまらないよ」という顔つきを実にひんぴんと露骨に示していたのを思い出す。しかし詩句には現れなかった。そして今、他者への思いやりが深くなり、わがままが克服されてきた時点で、逆にこうした詩句がさらさらと出始めてきたわけなのだ。

しかし、まあ、客観的にみて、最近の詩が年齢と不可分な倦怠感を滲み出させているのは事実であろう。これをもフーガの一パートというふうに私は聴くのだが、若さの讃歌すなわち谷川俊太郎と思い込んでいる読者には、戸惑い、あるいは失望というふうに映っているのかもしれない。

にがよもぎみたいな詩を書く一方で、年齢を超越した『ことばあそびうた』が同時に生れている。端倪《たんげい》すべからざるところである。

今までのところ谷川俊太郎は、どこを切っても、醇乎として谷川俊太郎である。

ふだんの言葉のはしばしから、彼は自分の生活をまるごと変えたがっているのが感じとれる。〈島尾敏雄の生きかたが、今の僕の理想だ〉と言ったり、何かを依頼すると「詩以外のことで、人の役に立てるのが、僕にはとってもうれしいんですよ」と言ったりする。詩を書くことが〈虚妄のなかの虚妄〉であることを、熟知している人でなければ、こういう真率で肉化された言葉は出てこないだろう。

仕事という仕事、職業という職業、その一つ一つはすべて虚妄だ。最初から意義があり、神聖な仕事なんてものは一つたりとも思いつかない。しかもそれらの中でも、詩の虚妄ぶりは最右翼であるだろう。しかし一つの仕事を選び生涯を賭けたとき、たまに負が正に転化する場合がある。社会的に認められたとか認められなかったとかいうこととは、まるっきり無関係に、不毛のままにさらされていたとしても、否定しがたく人間の仕事としか言いようもないものにぶつかることがある。それが何であれ、人の仕事、職業というものに価値を見、打たれる場合は、その一点をおいてはない。詩もまたしかりであるだろう。

谷川俊太郎には、そうした覚悟も出来ていそうに見受けられる。日本のマスコミやジャーナリズムの中でしか生きられぬことを知っていながら、なればこそ、それへの秘めた抵抗も強く、別な形への模索を、もっとも鋭く意識している一人のように思われる。この後も彼が詩という〈虚妄〉に踏みとどまるだろうことは、ほぼ間違いないが、それがどんな形態を採ってゆくことになるのかは、予測を許さないところがある。

友人としての彼は、ずばりずばり物を言ってくれる。「あなたの発想はすべてパブリックにすぎるよ」とは何度言われたかわからない。「おや、ぐっとうぬぼれましたね」と言われるのは一番まいる。

「あなたの人へのやさしさってのは、つまりはあなたの性格の弱さからきているんだな」これは的確で、肝に銘じている。

「そんなことは僕にじゃなく、だんなさんに言って下さいよ」と言われ、ずいぶん筋ちがいのところで勢いづいていたことに、はたと気づかされたこともあり、つい最近は「それは偽善者的ってもンだ！」とやられた。

それぞれ手きびしく、ふつうならカッ！となるところだが、谷川俊太郎に言われた場合は不思議に腹がたたないし、むしろ小気味よいひびきをもって伝わる。人徳と言いたいところだが、いささかの分析を試みるなら、それはたぶん、彼のエッセイ類を見てもわかるとおり、こうした矢は、常に誰に対してよりも自分自身に一番鋭くつきたてられていることが、私にもどこかでわかっているからだろうと思う。

しかし結果的にはやられっぱなしで、こちらは何一つやっていない。というのも、何を言っても、こちらが言うほどのことは、既に彼の中で自己検証済に違いないと思わせられるからなのだ。この際、何か一つやらなくちゃ。

この聡明なひとにも、どこかに盲点はある筈だ。サムソンの毛に当るような部分はないものかしらと、いろいろ思いめぐらせているとたった一つ見つかった！「マリリン・モンローに永遠の愛を捧げる」と公言してはばからないところである。これはまったくわからない。モンローは見た目にかわいいひととは思うもののそれ以上何一つピンとくるものがない。

いろいろ説明してもらったが、「小犬が走っているのをみて不意に涙ぐんでしまった りすることがある。それと同じような感動をモンローに感じてしまう」と言われても腑に落ちない。存在感のことであろうとは思うものの、女は小犬なみなの？　となる。「モンローの顔を見るとき、私の中の最も深いところにある、セックスが動かされるのを感ずる」（「私のマリリン・モンロー」）という説明は、今までの中で一番よく出来ている。こう言われてはどうしようもない。しかしである。永遠の愛を捧げるにしては、何かが欠けていはしないだろうか？　そのひとを憶うことによって精神が高みに引きあげられるといった聖なる昂揚感を含んではいないようなのだ。モンローはベアトリーチェでもあると言いたいのであれば、今までの説明ではやはり不十分である。彼の表現力をもってしても自分の好みを、それのわからない他者に伝えることができないでいるのは、愉快でないこともない。

モンロー・ファンは世界に多く、社会主義国の男性たちも熱烈だと聞いた。資本主義の犠牲者、そのことへのいたわりという、まなざしもあるようだが、自他ともにそう言いくるめようとするのならば、谷川俊太郎より、はるかに不正直だと直観させられる。丸太ほどの腕を持ち、機関車まで運転する逞しい自国の女性たちとモンロー熱とは、どこでどうつながるのか、べつに統一してもらう必要もないのだけれども異和感は残る。

そして、谷川俊太郎にも、そのような分裂を感じないわけにはいかない。現実の彼の女性観は、モンローなどよりはるかに進んでいる。たとえばもっとも身近な女性――妻への対応などは見事なものだ。まさしく一対一であり、お互いが鍛え、鍛えられる葛藤の場として保持し、そこから逃げようともしていないし、屈服させようともしていない。彼が現在摑んでいるもっとも良質なものは、この鍛練の場から、もたらされたものだと感知させられるものは幾つかある。

　されど、夢のなかの女はモンローなのだ。へんな話である。モンローは映画や写真でみるかぎり、いつも半ば口をあけ、モンロー・ウォークを案出し、みずからが馬鹿な女を演出してきたようにみえる。馬鹿ぶる女は利口ぶる女より一層かなわない。それとも本当の馬鹿だった？　自己愛ばかりで何一つ愛せなかった人のようにもみえる。「大賢は大愚に似たり」ともいうから、モンローも思いの外の大賢であったのかもしれないけれども、やっぱり駄目なものは駄目だ。結局、「あんな、うすらばかみたいな女《ひと》の、いったいどこがいいの、あなたともあろう男《ひと》が、いつまでも」という一矢になる。

祝婚歌

二人が睦まじくいるためには
愚かでいるほうがいい
立派すぎないほうがいい
立派すぎることは
長持ちしないことだと気付いているほうがいい
完璧をめざさないほうがいい
完璧なんて不自然なことだと
うそぶいているほうがいい
二人のうちどちらかが
ふざけているほうがいい
ずっこけているほうがいい
互いに非難することがあっても

非難できる資格が自分にあったかどうか
あとで
疑わしくなるほうがいい
正しいことを言うときは
少しひかえめにするほうがいい
正しいことを言うときは
相手を傷つけやすいものだと
気付いているほうがいい
立派でありたいとか
正しくありたいとかいう
無理な緊張には
色目を使わず
ゆったり　ゆたかに
光を浴びているほうがいい
健康で　風に吹かれながら
生きていることのなつかしさに
ふと　胸が熱くなる

そんな日があってもいい
そして
なぜ胸が熱くなるのか
黙っていても
二人にはわかるのであってほしい

吉野弘さんの「祝婚歌」という詩を読んだときいっぺんに好きになってしまった。この詩に初めて触れたのは、谷川俊太郎編『祝婚歌』というアンソロジーによってである。どうも詩集で読んだ記憶がないので、吉野さんと電話で話した時、質問すると、「あ、あれはね『風が吹くと』という詩集に入っています。あんまりたあいない詩集だから、実は誰にも送らなかったの」

ということで、やっと頷けた。

その後、一九八一年版全詩集が出版され、作者が他愛ないという詩集『風が吹くと』も、その中に入っていて全篇読むことが出来た。

若い人向けに編んだという、この詩集がなかなか良くて、「譲る」「船は魚になりたがる」「滝」「祝婚歌」など、忘れがたい。

作者と、読者の、感覚のズレというものがおもしろかった。

自分が駄目だと思っていたものが、意外に人々に愛されてしまう、というのはよくあることだ。

また、私がそうだから大きなことは言えないが、吉野さんの詩は、どうかすると理に落ちてしまうことがある。それから一篇の詩に全宇宙を封じこめようとする志向があって、推敲に推敲を重ねる。

「櫂」のグループで連詩の試みをした時、もっとも長考型は吉野さんだった記憶がある。その誠実な人柄と無縁ではないのだが、詩に成った場合、それらはかえってマイナス要因として働き、一寸息苦しいという読後感が残ることがある。

作者が駄目だと判定した詩集『風が吹くと』は、そんな肩の力が抜けていて、ふわりとした軽みがあり、やさしさ、意味の深さ、言葉の清潔さ、それら吉野さんの詩質の持つ美点が、自然に流れ出ている。

とりわけ「祝婚歌」がいい。

電話でのおしゃべりの時、聞いたところによると、酒田で姪御さんが結婚なさる時、出席できなかった叔父として、実際にお祝いに贈られた詩であるという。

その日の列席者に大きな感銘を与えたらしく、そのなかの誰かが合唱曲に作ってしまったり、またラジオでも朗読されたらしくて、活字になる前に、口コミで人々の間に拡まっていったらしい。

おかしかったのは、離婚調停にたずさわる女性弁護士が、この詩を愛し、最終チェックとして両人に見せ翻意を促すのに使っているという話だった。翻然悟るところがあれば、詩もまた現実的効用を持つわけなのだが。

若い二人へのはなむけとして書かれたのに、確かに銀婚歌としてもふさわしいものである。

最近は銀婚式近くなって別れる夫婦が多く、二十五年も一緒に暮しながら結局、転覆となるのは、はたから見ると残念だし、片方か或いは両方の我が強すぎて、じぶんの正当性ばかりを主張し、共にオールを握る気持も失せ、〈この船、放棄〉となるようである。

すんなり書かれているようにみえる「祝婚歌」も、その底には吉野家の歴史や、夫婦喧嘩の堆積が隠されている。

吉野さんが柏崎から上京したての、まだ若かった頃、私たちの同人詩誌「櫂」の会で、はなばなしい夫婦喧嘩の顚末を語って聞かせてくれたことがある。

ふだんは割にきちんと定時に帰宅する吉野さんが、仕事の打合せの後、あるいは友人との痛飲で二次会、三次会となり、いい調子、深夜すぎに帰館となることがある。

奥さんは上京したてで、東京に慣れず、もしや交通事故では？　意識不明で連絡もできないのでは？　待つ身のつらさで悪いことばかりを想像する。

東京が得体のしれない大海に思われ、もしもの時はいったいどうやって探したらいいのだろう？　不安が不安を呼び、心臓がだんだんに乱れ打ち。

そこへふらりと夫が帰宅。奥さんのほっと安堵した喜びが、かえって逆にきつい言葉になって、対象に発射される。こういう心理状態はよくわかる。なぜなら私もこれに類した夫婦喧嘩をよくやったのだから。

今から二年ほど前、吉野さんは池袋駅のフォームで俄かに昏倒、下顎骨を強く打ち、大怪我された。歯もやられ、恢復までにかなりの歳月を要した。どうなることかと心配したが、その時、私の脳裡に去来したのは、若き日の吉野夫人の心配症で、あれはあながち杞憂でもなかったということだった。

「電話一本かけて下されば、こんなに心配はしないのに」

ところが、一々動静を自宅に連絡するなんてめんどうくさく、また男の沽券にかかわるという世代に吉野さんは属している。売りことばに買いことば。

吉野さんはカッ！　となり、押入れからトランクを引っぱり出して、

「おまえなんか、酒田へ帰れ！」

と叫ぶ。

「ええ、帰ります！」

吉野夫人はトランクに物を詰めはじめる。

「まあ、まあ、」

と、そこへ割って入って、なだめるのが、同居していた吉野さんの父君で、それでなんとか事なきを得る。

これではまるで私がその場に居合せたかのようだが、これは完全な再話である。長身の吉野さんが身ぶりをまじえての仕方噺《しかたばなし》で語ってくれたのが印象深く焼きついているから、細部においても、さほど間違っていない筈だ。

二、三度聞いた覚えがあるので、トランクを引っぱり出すというのは、吉野家におけるかなりパターン化した喧嘩作法であるらしかった。留めに入る父君の所作も、だんだんに歌舞伎ふう様式美に高められていったのではなかったか？

酒豪と言っていいほどお酒に強く、いくら呑んでも乱れず、ふだんはきわめて感情の抑制のよくきいた紳士である彼が、家ではかなりいばっちゃうのね、と意外でもあり、不思議なリアリティもあり、感情むきだしで妻に対するなかに、かえって伴侶への深い信頼を感じさせられもした。

いつか吉野夫人が語ってくれたことがある。

「外で厭なことがあると、それを全部ビニール袋に入れて紐でくくり、家まで持って帰ってから、バァッとぶちまけるみたい」

ビニール袋のたとえが主婦ならではで、おもしろかった。

更にさかのぼると、吉野御夫妻は、酒田での帝国石油勤務時代、同じ職場で知り合った恋愛結婚である。

その頃、吉野さんはまだ結核が完全に癒えてはいず、胸郭成形手術の跡をかばってか、一寸肩をすぼめるように歩いていた。当然、花婿の健康が問題となる筈だが、夫人の母上はそんなことはものともせず、快く許した。

御自分の夫が、健康そのものだったのに、突然脳溢血で、若くして逝かれ、健康と言い不健康と言ったところで所詮、大同小異であるという達観を持っていらしたこと、それ以上に吉野弘という男性を見抜き、この人にならと思われたのではないだろうか。

「女房の母親には、終生恩義を感じる」

と、いつかバスの中でしみじみ述懐されたことがあるが、それは言わず語らず母上にも通じていたのだろう、

「おまえはきついけれど、弘さんはやさしい」

と、自分の娘に言い言いされたそうである。

新婚時代は勤務から帰宅すると、すぐ安静、横になるという生活。

長女の奈々子ちゃんが生まれた時、すぐ酒田から手紙が届き、ちょうどその頃、「櫂」という私たちの同人詩誌が発刊されたのだが、

「赤んぼうははじめうぶ声をあげずに心配しましたが、医師が足をもって逆さに振ると

オギャアと泣きました。子供、かわいいものです」

と書かれていた。私の感覚では、それはつい昨日のことのように思われるのだが、その奈々子ちゃんも、もう三十歳を越えられ、子供も出来、吉野さんは否も応もなく今や祖父。

「祝婚歌」を読んだとき、これらのことが私のなかでこもごも立ちあがったのも無理はない。幾多の葛藤を経て、自分自身に言いきかせるような静かな呟き、それがすぐれた表現を得て、ひとびとの胸に伝達され、沁み通っていったのである。

リルケならずとも「詩は経験」と言いたくなる。そして彼が、この詩を一番捧げたかったのは、きみ子夫人に対してではなかったろうか。

話は突然、飛躍するが、私の親戚の娘で、音楽の修業に西ドイツに旅立った、秀圃《しゅうほ》さんという人がいる。

桐朋を出たヴァイオリニストで、一心不乱に勉強するうち、やがて「ベルリン・ドイツ・オーパー（オペラ）」の楽員になった。

外国人が楽団員として正式に採用されるのは、きわめて難しいらしく、日本人では初めてということだった。

音楽に余念なかったが、いつのまにか同じオーケストラのヴァイオリニスト、トーマス君という青年と恋におちた。

結婚へと話が進み、秀圃さんの両親は愕然、国際結婚を危ぶんで猛反対となった。若い人の腕のつけねあたりに、既に大きな翼が育っていて、悠々大空を舞う力がついているのに、その翼がまるで見えないのが、一般に親の習性というものかもしれない。親の目から見れば、いつまでも雛鳥なのだ。

こういう時、私は親でないゆえの無責任かもしれないが、大抵若い人の味方である。いろんな紆余曲折を経て、ついに両親のほうが折れ、結婚となった。

西ドイツの青年、トーマス君は敬虔なカトリック信者で、結婚式には新郎側として聖書の一節が読まれることになった。新婦側でも母国のいい詩を披露してほしい、となって、私に詩の選択の依頼があった。

トーマス君の知っている日本の詩は「雨ニモマケズ」一つであるという。

即座に吉野さんの「祝婚歌」が浮んできた。

改めて読んでみる。それまであまり意識しなかったが、東洋的思考がかなり濃厚な詩だという、再発見をした。

徹底的に原理を追求するヨーロッパの思考法とは、対極に立つ詩である。聖書の一節に十分拮抗できるではないか。

若い恋人二人は、この詩を大層気に入ってくれて、一緒に力を合せてドイツ語に翻訳した。

結婚式は、ルクセンブルクに近い、トリア市の教会で行われた。モーゼル川に沿った、落ちついた街で、カール・マルクスの生誕地でもあるという。

そこで、準備された「コリント人に与えた手紙」と「祝婚歌」が、聖歌隊によって読まれ、新婦の国、日本の詩は、出席した人々に大きな感動を与え、神父様もかなり長く吉野さんの詩について解説されたという。

もちろんドイツ語訳もよかったのだろうが、内容さえ良ければ、たとえ何国語に翻訳されようとそのエッセンスはつたわる筈——かねがね思っていたことが実証されたようで私もうれしかった。しかも活字や本によって論評される対象としてではなく、その日集まった百六十人くらいのドイツ人の、日常のなかに溶けこんでいったのがよかった。

しばらく経ってから結婚式の写真と「祝婚歌」のドイツ語訳のコピーが送られてきたので、吉野さん宛に転送した。どういうなりゆきになるかわからなかったので、結局は事後承諾になってしまったが、

「ぼくの知らない西ドイツの街で、ぼくの詩が読まれ、若い人たちの祝福に立ち会えたなんて」

と喜んで下さった。

文学畑の人々に読まれ云々されることよりも、一般の社会人に受け入れられることの

ほうを常に喜びとする、吉野さんらしい感想だった。

それから更に日は流れて、「祝婚歌」の浸透度は一層深く、かつ、ひろがってゆくようである。

某大臣が愛誦し、なにかにつけて引用しているという話も紹介されたし、結婚式で朗読されることも以前にもまして多くなってきたらしい。新郎新婦のほうはキョトンとして、

「なんのこと？」

というありさまなのに、列席した大人たちのほうが感銘を受け、「どこの出版社のなんという詩集にあるのか？　コピーがほしい。使用料は如何？」という問い合せがしきりのようだが、その答もまたいかにも吉野さんらしい。

「これは、ぼくの民謡みたいなものだから、この詩に限ってどうぞなんのご心配もなく」

というのである。

現代詩がひとびとに記憶され、愛され、現実に使われているということは、めったにあるものではない。ましてその詩が一級品であるというのは、きわめて稀な例である。

驚かされること

若かった頃——というのは大岡信さんが大学を出て読売新聞外報部に入ったばかりの頃、たしか「詩学」だったと思うが「あなたが今、一番不満に思っていることは？」というアンケートがあって、その時大岡さんは「一日が二十四時間であること」と答えていた。沢山の答はすべて忘れてしまったのに、彼の答だけは今日まで覚えているのはよほど印象が強かったのだろう。

私はその頃たっぷり八時間寝て、あと十六時間もあれば十分すぎる感じだったから、こういう発想じたいが驚きだったのであり、しかも大岡さんの答にポーズではない、なにがしかのリアリティを受けとったのだと思う。

それから四、五年後に結婚して、幾らもたたない頃「夜中に不意にめざめ、言い知れぬ精神の昂揚感のなかで、闇にじっと眼を凝らしているってことない？　僕はある」という意味のことを、彼は「櫂の会」で言った。

三鷹市上連雀一番地の借家に住んでいた頃のことで、この家にメンバーが集った折のことである。箪笥の上の姫鏡台の朱色が今もまなかいに鮮やかだ。大岡さんの発言に対する皆の反応は忘れてしまったが、この言葉だけをはっきり覚えているのは、これまたどこかで深く感動したせいなのかもしれない。かたわらに、すやすや眠る新妻、夜半ひとり目ざめて抽象的なものを追い求めている猟師の眼のような若い夫。肉体の昂揚感なら当りまえすぎて話にならないが精神の昂揚感であるところがよかった。

これらのことを今振りかえってみれば、すべてがしっくり思い当る。新聞社の激務と、現在見るような尨大な著作の諸元素が、彼の内部で渦まき醱酵し未だ形を与えられず、この二つは烈しくせめぎ合い、大岡さん自身、もてあますほどの跳梁ぶりであったのだろう。一日が「二十四時間じゃ足らない！」という若々しい叫びもむべなる哉で、今にして思えばこの時二十三歳ぐらいの筈である。

むかしむかしの彼のニックネームは「桃太郎」だった。「桃太郎そっくりだねえ」と皆が言った。「銀座のバーでのあだ名はピーチ太郎って言うのよ」といたずらっぽく教えてくれたのは、かね子夫人である。色白、目もとぱっちり、黒の直毛、りりしさ、明るい笑い声、なんとなくまじりけなしの純粋倭種を感じさせられるのは、衆目の視るところだったが、桃太郎の絵から日の丸を取り、鉢巻をはずし、海辺で寝ころびながら雉たちときびだんご食べている図だったらこのニックネームはほんとうに良く似合う。

だが目もとぱっちりの眼光が、年と共に、なにやら強く複雑に炯炯としてきて、それかあらぬか最近はこのニックネーム、絶えて聞かない。何時頃から炯炯の光を帯びはじめたか？　と記憶をさぐれば、それは十年間勤めた新聞社を辞し、本来の仕事に打ち込みはじめた三十五歳以降からのような気がする。ひたすら涼やかであった桃太郎時代のまなざしをなつかしみ、最近の信サンの眼はこわくてイヤ！　という女性もあるやに聞いているけれど、私はまったく反対、ますます炯炯たらんことを望んでいる。

わりあい最近のこと、大岡家に電気工事に来た人が、仕事をしながらふと見ると、居間でかなり若い男が一人、「天才バカボン」なるテレビを見ながら、アハアハと笑いこけているのが眼に入った。他にあるじらしい男も見当らぬ。訝しく思って家の人に聞いたそうだ。「だいぶ偉い先生の家と聞いて来たんだけど、あれが御主人ですか？」

このエピソードは思い出すたびに、ほほえみが浮ぶ。岸辺でほほえむわけではないけれど。

一九七六年十二月末、伊豆で「櫂の会」をした時に、夕食時、宿のひとが賑やかにやって下さいと言わんばかりにマイクを持ってきた。

「櫂」は一九五三年創刊だから、既に二十三年を経過しているが、数えきれないほどの会合で、如何に談論風発になろうとも一度として誰一人唄を歌ったことはないのだった。同人の結婚式のお祝いとして、プロの友竹正則さんが歌ってくれたりしたことの外には。

その日、たしか私の発案で「歌えるひとは歌ってきかせて！」とマイクを廻すと、すんなり応じてくれたのは大岡、川崎、友竹の三氏だった。この三人の歌は危うく落涙しそうになるほど清朗な美しさで、長く忘れられないだろうが、今は大岡さんの唄だけにしぼろう。

その時、彼は中国から帰ったばかりであり、阿倍仲麻呂の有名な望郷歌をはさみこんだ即興の賛歌をうたった。メロディは「なんとかのスーちゃん」だったが、それに乗せて時間空間を超えた或る何か大きなものを幻出させたのである。

歌詞の内容、音程の狂いのなさ、美声、溢れる情感、どれ一つをとっても見事なもので、ああ知らなかった、知らなかった、今日が今日迄こんなに唄のうまい人であろうとは……。

それは大岡さんの詩全体とどこかで連繫を保ち、あれほど多量の仕事を果しながら今尚いささかの感性の磨滅をも見せないみずみずしさとも通いあっていた。まるでその証明のような朗々の唄声。

愕然の嬉しさに浸されながら、しみじみその丹前姿を眺めたのだが、到底四十五歳の年の暮とは見えなかったのである。

大岡信氏はときどき鼻をかむ。

耳鼻科系に少々の弱点あるらしい。

二十代の頃はそこらへんにある新聞紙をひきちぎってはよく鼻をかんだ。旧制高校のバンカラふうというより、駿河は三島のガキ大将の面影のほうが強くてかわいらしくもあった。ただ新聞紙なんかでかんだら鼻の頭が汚れやしないかと、びっくりして見ていると何かコツでもあるらしく、一向に黒ずまないのだった。最近は紳士的にティッシュペーパーなどでかむ。

それを見るたびに「鼻の悪い人は頭が悪い」というのは俗説ではないだろうか？と思うのである。もっとも鼻が健全無比であったら彼の頭脳は他者を寄せつけないほどに冴えかえり、私など友人顔して喋ったりできなかったかもしれない。若い時、ついに見抜けずに私を口惜しがらせているものに大岡さんの「キャパシティの大きさ」がある。これほど懐の深い人とは思わなかった。包容力と放出力のダイナミクス。

多種多様の清濁を併せ呑み、来る者を拒まずの大らかさ、人間味は、もしかするとあの鼻のせいかもしれないのだ。

彼の鼻粘膜に幸あれ。

机が似合わない

〈川崎さんに机は似合わない〉

私の頭のなかを、ときどき風のように通り抜けてゆく一節がある。

川崎洋さんとの交友も、もう三十五年になるが、さて、いつごろからだったろうか？

だいぶ前に訪ねた横須賀のお家の書斎は整然としていた。大きな机、坐りごこちの良さそうな椅子、ひとつひとつ息を吹きこまれたようないきいきした文房具類。この机の上でどんなに沢山の仕事が果されてきたことだろう。詩ばかりではなく、ラジオドラマ、童話、方言や悪態語の探索などなど。

〆切を守ることでも定評があり、引き受けたら必ず果してくれる安心感を人々に与えてきた。几帳面、律儀といっていい仕事ぶりであり、かの大きな机とは切っても切れないつながりであろうのに、誰がうたうのか、

〈川崎洋に机は似合わなぁぁい〉

オペラのアリアのように通りすぎてゆくものがある。

じゃ何が似合うのかしら？

まず海である。船に乗っている。漂流している。上半身は裸だから暖流らしい。漂流しっぱなしでも困るから、暮してゆける仕事としては何かしら？

漁船の船長がぴったりである。四、五人の気の合った仲間をひきつれた一本釣りの船。間違っても底引網なんてアホなことはしない。漁獲もさまで気にしないまったくの〈のんびり丸〉。第一船長自身とれたての魚を三枚におろし、切るはしからチリチリちぢまってゆくような鮮度抜群のお刺身に夢中だ。そして酒盛り。船はどっちの方角を向いているんだか。

気が向くと船べりで詩を書く。日本語だったり、英語だったり、幻語だったりする。壜に入れ蓋をしてポイと海に投げる。若き日ラブレターを体温計の筒にしのばせ初恋の人に手渡した癖がまだ抜けていない。仲間の漁師にひやかされる。

そんな書きかたをする川崎さんの姿を思い浮べて、ようやく私は落ちつく。その詩、その人間に、もっともしっくりした姿として。

注文原稿をこなす川崎さんの日々、机、電話、ワープロ、ファクシミリ（あったかな？）などなどがどうも不自然で、そぐわないという違和感。

ばしばし仕事を果してゆくことに快感を覚える人である反面、こうした違和感は御本人自身もっとも強く自覚していることだろう。

行間から立ちのぼる呻きのようなもの。およそ愚痴などこぼさない人だけに、一層切実にくる。

波間を漂よい、あるいはまた、どこかの渚に打ち寄せられた壜の中の詩は、たぶん彼の最高傑作が含まれるだろう。

戦後四十年を実にしっかり視てきた硬骨漢でもあるのだが、みずからの美学のせいか、その方面にはがっちり錠がかけられたまま。それもすっかりとっぱずれているかもしれない。

そして、受けとる者はかならずしも人間ばかりとは限らないのよ。

こんな空想を抱かせてくれるほどに、川崎洋にはまだ大きな余裕がある。

井伏鱒二の詩

井伏鱒二の詩集を一度読んでみたいと願うようになってから、もう十年以上は経ったかもしれない。さまざまなアンソロジイに、二、三篇採られているものに心惹かれ、また人が時々引用する漢詩の訳にも魅力を覚え『厄よけ詩集』なるものを通読したい思いがつのった。

つのったけれども無精ゆえ、古本屋を探す根気はない。それに古本屋で昔のいい詩集をみつけ、いざ求める段になって腰をぬかすほどの高値に蒼ざめるのは、精神衛生上このましくない。近くにいい図書館もないし、全集には入っているだろうが、さて筑摩書房から出ていたのだったか……こんなふうで願いとはうらはらに実際面ではあまり動かなかったのだった。

日本交通公社から出ている「旅」という雑誌があり、そこにいろんな人が、「私の愛する詩」というのを挙げていたことがある。そのなかに或る学者が井伏鱒二の「逸題」をとりあげていたことがあった。家人がそれをみつけ、いたく気に入ったらしい。なか

でも二連目の、

春さん蛸のぶつ切りをくれえ
それも塩でくれえ
酒はあついのがよい
それから枝豆を一皿

というところが気に入って、晩酌のときなど「春さん蛸のぶつ切りをくれえそれも塩でくれえ」などと叫ぶ。

さほど蛸が好きなわけでもないのに、ひょいと口にしたくなるようなのだった。私も長く詩を書いてきてしまったが、読んでくれた人がお酒を飲んでくつろいだ時、ひょいと一節口ずさみたくなるような形で印象づけられているとは到底おもえない。いわば、かなり嫉けることなのであった。

そして家人は、私以上に『厄よけ詩集』を読みたがり、私の気持も更に拍車をかけられた。本屋で幾種類かの井伏鱒二集を調べたが、詩はどれにも入っていないのだった。

上石神井に住む松永伍一さんが自転車に乗って遊びにきた時、話がそのことになった。『厄よけ詩集』には二種類あって、旧版は『厄除け詩集』であり、新版は『厄よけ詩集』とかながきになっていて、新版は昭和三十六年に国文社から出版されたのだが、その時松永伍一さんは出版を手伝ったのだそうだ。

井伏家で、おいしいまぜごはんを御馳走になったこともあるという。燈台もと暗しとはこのことか……「井伏鱒二とまぜごはん」という取りあわせもなぜだかぴったりしていて、そういえば「まぜごはん」という、あたたかで柔らかい日本語を、しばらく忘れていたような気がした。

改めて松永家に『厄よけ詩集』を借りに伺い、大事に抱えてきて、私はうれしかった。文献などと同じく探す心を失わないでいると、いつかはめぐりあえるのかもしれない。

一読、これほど愉快になった詩集は、これまでになかったような気がするのだ。最初から最後まで、笑いがさざなみのように立ち、あるところでは爆笑になった。詩集を読んでこんなに笑っていいのかしらと思うほどである。よみすてるのは勿体なく、一冊のノートに全篇を写しとった。奥付に至るまで舐めるがごとく写しとるなどという所行は、今までにまったく無いことであった。

それで不意に気づかされたことは「詩と笑いとの関係」である。詩集をよんで大いに笑うということが、今までにあったろうか？　これまたどうも無いのであった。部分的に笑わせられたということはある。けれど一冊の詩集として哄笑に満ちたものというのには出会ったことがない。

古今東西、詩というものは、悲愴味に勝ち、絶唱をもって良しとするような風潮が抜きがたくある。悲しいときに作ったものは傑作になりうるが、うれしい時に作った詩は読むに耐えない、詩はなんといっても悲愁の文学であるという説もきいたことがある。詩に対する一般の観念は、大体こういうものだろう。

井伏鱒二は何も言ってはいないが、その固定観念をさりげなくぶち破っている。詩の最大の敵は、あらゆる固定観念である。だとすれば、『厄よけ詩集』はまことに値うちのある一冊ではあるまいか。

しかし、現在、詩を書いている人たちの間で井伏鱒二の詩が話題にのぼるということは、まず無い。井伏鱒二の詩など、まったく無視することが現代詩人の資格とでも思っているならば、三好達治が言ったという「現代詩はヘボ筋に迷いこんでいる」が、当を得た批評と言うべきかもしれない。

井伏鱒二の詩は、言ってみれば余技のおもしろさである。小説が本領であり、詩にはおそらく何ものをも賭けてはいなかったろう。そこに遊びの精神や、ゆとりを生じ、ノンシャランな楽しさを横溢させることが出来たのだ。井伏鱒二が、かつて「四季」の同人であったこともあるのを、つい最近知って一寸びっくりしたのだが、生涯、精魂を傾けて詩ひとすじに生き抜いた誰彼の詩よりも、余技として、チャラッと一冊出した『厄よけ詩集』の世界のほうが、ずんとおもしろいということに、私はあわててしまうのだ。余技の余得というものなのだろうか。

新版の『厄よけ詩集』には、旧版にはなかった三つの新作品がのっている。「つばなつむうた」「水車は廻る」「夜の横町」の三篇で、あとの二篇が、格別におかしいのであった。

水車は廻る

笹野顧六といふ牧師がゐる
笹野氏は篤心なる牧師です
僕の学生時代の知りあひです
そのころ師は神学校の生徒でしたが
学校を怠けて戯曲の習作に耽つてゐた
書きあげた原稿を古新聞に包み
僕のところに持つて来て読んでゐた
笹野君は「本読み」と称してそれを読んだ
今から四十年ちかく前のことである

僕はたいていその内容を忘れたが
たつた一つ覚えてゐる
「水車と清正公」といふ一篇だ
——舞台右手に水車小屋がある
大きな水車が音もなく廻つてゐる
これは天地の悠久を暗示する——

そこへ物具つけた加藤清正公が現れる
紺色の垂衣に紺糸縅の鎧を着け
銀色に光る鳥(ママ)帽子型の兜をかぶり
黄金《こがね》づくりの太刀を佩き
音に聞えた片鎌槍を携へてゐる

その出でたちは実に剛毅である
天晴れ大将軍の貫禄だが
舞台正面に出て来ると
「ああ脱糞したい」と独白する

次に「もういけねえ」と泣声を出し
瞑目して「ピチピチピチ……」と独白する
それで静かに幕である

笹野君は朗読後に傑作だと自讃した
僕は何のことだと思つたが
いまだにこの脚本だけは覚えてゐる
先夜も不図この筋書きを思ひ出し
夢うつつに現在の師に思ひを馳せた
師よ　せいぜい神に祈り給へ

ずいぶん汚い、おそるべき一幕ものだが、こんな奇っ怪な牧師候補生も居たかと思うと愉快でたまらない。そして井伏鱒二によって一篇の詩となったとき、汚さはすっかり昇華されてしまったようである。詩は何を扱ってもいいのだが、それが詩となるためには、言葉が香気をはらんだ状態とならねばならない——と私はかねがね思っている。でなければそれを詩とは言えず、汚い材料は汚いままだ。

とは言え、これはかなり難しいことで、誰にでも出来る技ではない。

四十年前というと、肩で風切る将校たちの、横暴さがようやくあらわになりかけたのを腹に据えかねての、痛烈な諷刺一幕ものであったのかもしれない。

外国の牧師に比べて、日本人の牧師に魅力の乏しいことを言う人は多いが、笹野牧師が元気ならば必ずや魅力的な牧師になっていることだろう。

最初、この詩を読んで突発的に笑い、時を経て更に何度も読んだ。素材の珍奇さにのみ笑ったのであったかどうかを確めたくて。

哄笑はよみがえらなかったが、しかしいい詩であることは否定しようがなく、むしろ、しみじみとしたものが入ってくるようになった。

おもしろうてやがてかなしき……であって、井伏鱒二の笑いの質は、かなりしたたかなのである。

夜の横町

文芸家協会の懇親会の帰り
マーケット横町を歩いてゐると
前方から新庄嘉章がやつて来た。
「やあムッシュー、しばらく。」
「やあ、今晩は。」

いきなり新庄君は外套をぬぎ
両手にかざして左右に飛びまはるのだ。
何の真似か
まさしくこれは闘牛士《(ママ)》の真似だ。
赤い毛布で猛牛をじらす真似である。
右に飛び左に飛び
その目まぐるしいフットワークは
さながら五条の橋の牛若丸だ。
――だが何の意味か、
こちらを牛にたとへての仕業である。
悲しいかな聯想の行方、
こちらは牛のやうに太つてゐる。
「ずいぶん太つたね。」と言ふ代りに
当意即妙　闘牛士の真似……。
不思議に人通りのすくない夜であつた。

新庄嘉章とは、粋な男性ではないか。しばらく考えてその意を察した井伏鱒二も粋ならば、闘牛士の真似をして暫時遊んでも車にはねとばされない横町があったことも粋である。

焦点がきっかり合っていて、たまたまその場に居合せたように、ふふふふふと笑ってしまう。

日本の小説に笑いが乏しいことは、声を大にして言う人もあるが、詩については殆んど言われたことがない。

井伏鱒二に触発されて、現在書かれている詩のあれこれについて考えてみると、おもしろいことに気づいたのだ。今までに私が読んだかぎりの詩を思い浮べてみて、部分的にしろ、私を笑わせてくれた詩人たちを挙げてみると、金子光晴、西脇順三郎、会田綱雄、黒田三郎、川崎洋、岩田宏、富岡多恵子、工藤直子などがいる。

笑いということからピックアップしてみたにすぎないが、こうしてみると、いずれも上等の詩を書いている人たちであったことに気づいたわけだ。もっとも笑いほど個人差の烈しいものはなく、詩における笑いの系譜を、私とはまるっきり別の角度から捉える人もあるだろうと思う。

人の詩集を読むことは、だいたいが苦渋に満ちた作業だ。眉間に皺をよせ、頭痛なんぞも起り、まるで高等数学を解くような緊張を強いられる。そして、解けたときの喜びが、詩を読む喜びである場合もある。しかしいつでもそうでなければならないか？

生きていることを突き詰めればおかしくない筈はない。生きることに鋭くかかわる詩が、おかしさとまるで無縁であっていいのだろうか？　上等の笑いを求めて詩集をひらくということがあってもいい筈だ。いえ、これからはむしろ、そういう視点を失わないようにしたいと思う。

井伏鱒二の漢詩の訳も知る人ぞ知るであったらしいけれど、今度初めて通読しえて、私はいろんな発見をした。

静夜思　　　李白

牀前看月光
疑是地上霜
挙頭望山月
低頭思故郷

ネマノウチカラフト気ガツケバ
霜カトオモフイイ月アカリ
ノキバノ月ヲミルニツケ
ザイショノコトガ気ニカカル

低頭思故郷が、ザイショノコトガ気ニカカルと、実にいい日本語訳になっている。日本語の発見にもなっている。

田家春望　高適

出門何所見
春色満平蕪
可歎無知己
高陽一酒徒

ウチヲデテミリャアテドモナイガ
正月キブンガドコニモミエタ
トコロガ会ヒタイヒトモナク
アサガヤアタリデオホザケノンダ

高陽一酒徒が、アサガヤアタリデオホザケノンダとなり、大胆不敵の意訳である。

勧酒　于武陵

勧君金屈巵

満酌不須辞
花発多風雨
人生足別離

コノサカヅキヲ受ケテクレ
ドウゾナミナミツガシテオクレ
ハナニアラシノタトヘモアルゾ
「サヨナラ」ダケガ人生ダ

これは、なかんずく名訳とされているようで、引用されたものを、しばしば見た。写しとっていても、たしかにほれぼれとさせられる。漢学者は、待て！ と言うかもしれないが、原作よりも訳のほうがいいような気がしてくる。この終行をもじって「サヨナラダケガ人生ナラバ」という、寺山修司のフォーク・ソングを聞いたことがある。が、井伏鱒二の訳を到底越えてはいなかった。

長安道　　儲光羲

鳴鞭過酒肆
袨服遊倡門

百万一時尽
含情無片言

馬ニムチウチサカヤヲスギテ
綾ヤ錦デヂョロヤニアソブ
タッタイチヤニセンリャウステテ
カネヲツカッタ顔モセヌ

聞雁　　韋應物

故園眇何処
帰思方悠哉
淮南秋雨夜
高斎聞雁来

ワシガ故郷ハハルカニ遠イ
帰リタイノハカギリモナイゾ
アキノ夜スガラサビシイアメニ
ヤクショデ雁ノ声ヲキク

漢詩だけで見ると、大変高級なことを言っているように見えるが、井伏鱒二の訳にかかると、今の若者にもそのまま通用しそうな、くだけたものになっている。こんな調子で全部を引用したくなってしまうのだが、この辺で一応やめておこう。

私の発見というのは、漢詩というものを私達が今まで、あまりに典雅なものと思い込みすぎたのではないか……ということだった。漢字だけがびっしりの詩をみると、悲憤慷慨、憂悶の詩と受けとりたくなるのもやむを得ないが、そして詩吟などを聞くとそうした受けとりかたを如実に表してしまっていると思うのだが、なんだか深なさけのような読みかたであったような気がしてくる。

漢字だけの詩であっても、みずみずしさもあれば色気もあり、諧謔やおどけもあれば自嘲もあり、小唄やどどいつのような軽さもある。いわばそのような詩の艶を、だいぶ見落してきてしまっているんではなかろうか。

「詩は志なり」の面だけが強調されてきたのかもしれず、その証拠に日本人が作った漢詩には、詩としての何かが欠落していそうに思われる。

では、井伏鱒二の訳のあたりが本当のところか？　そうとばかりも思われない。

私達の今迄感じてきた漢詩と、井伏鱒二の自由奔放な訳と、その二つの、ちょうど中間あたりに、漢詩の本領がありそうに思われる。それを感じさせるのが井伏鱒二の意図だったのではないだろうか？　漢詩を読み、訳を読み、更に第三の世界を読者が形づくることを――。

中国音による漢詩の朗読を聴いた人の話では、きわめて抑揚に富み、かつ、軽やかなものであったということだ。

漢詩は、漢字を使っていることによって、身近なものであり、誰も外国の詩という意識を持たなすぎたきらいもあり、井伏鱒二は論によってではなく、独特の訳によって実にそれをはっきりさせてくれたように思う。

訳の日本語のくだけっぷりには、誰しも驚くだろう。私の驚嘆したのは、くだけているにもかかわらず、品格を持っているということだった。彼が選んだ漢詩の格調にゆうに匹敵できるものである。

日本語をわかりやすく、くだけさせ、そして品格あらしめて使いたい――というのは、詩を書くときの私の一番の願いなのである。

井伏鱒二の小説を愛して、詩集もあるの、では読んでみようと思い立つのが普通であるかもしれないが、私は詩集がおもしろかったので短篇小説を読んでみようと思った。「屋根の上のサワン」というのに心惹かれた。散文詩に近いものを感じた。

友人の飯島耕一さんが数年前、パリに滞在中、無性に日本のものが読みたくなり選びとったのが、井伏鱒二短篇集だったという話をしてくれた。「へんろう宿」に出てくる汗と垢でよごれた安宿の、布団の衿の描写から、くうんとその匂いが鼻につきささってくるようで、えもいわれず日本を感じたということだった。世評に高かった『黒い雨』はまだ読んでいない。平常心で原爆を描ききっているという批評が印象に残っており、その詩の良さも平常心に徹しきっているところにあるのかもしれないと思う。

早い時期に、太宰治が井伏鱒二こそ我が私淑する唯一の師としたことは、すこぶる眼が高かったではないか……などと今にして思うのである。

『厄よけ詩集』にぞっこん参って、あれやこれやを考えつつ一年が経った。その間に、私は『人名詩集』というのを一冊つくった。

『厄よけ詩集』を読んだ人は、すぐに気づくと思うけれど、このなかには、やたらに人名が出てくるのである。実在の人物が多く、詩を抽象化とのみ考えて、出してもよい人の名さえ、ぼかしてしまうのとは全く逆のいきかたである。

それにこの題名は、どこを押したら出てきたものか……厄年の記念に作られたものか、詩篇のなかに厄除けに該当するものは何も見当らない、そんなところもしゃれている。

私の詩集は殆んど書き下しに近かったが、参った井伏鱒二から、むしろ積極的に影響を受けて書こうと思いたった。ただし、影響を受けたとは誰にも悟られないように書かねばならぬ。

詩集ができて、友人知己に送り、礼状が届くようになったが、そのことに触れた人は誰もなかった。たった一人、中江俊夫さんが葉書をくれて、褒めたような貶《けな》したような文面の末尾に「あなたはどうしたって井伏風にはなれない人ですね」とあった。見破られたか！　ギャフンとなったが、爽快でもあった。前の文章から察するに「あなたの詩にはへんな気負いがあり、インテリ女性ぶりの一理屈こね主義があり、まったく息を抜いたような井伏鱒二ふうの詩には、逆立ちしたってなれっこないよ」ということであるらしかった。

（註）本文中の引用詩は国文社版によったが、旧版の木馬社版を参照して誤植の訂正を行った。

散文

女学校の二年生くらいの時だった。

授業が終ってから図書室に行き、森鷗外の「阿部一族」を読んだことがある。図書室といっても戦時中のことだから、どの棚も本が二、三冊ばかり頼りなげに身を寄せあっているといった風情で、新刊本などもはやろくに出版されてはいない時代だった。図書係の上級生が一人いるだけの、田舎の女学校の名ばかりの図書室。少ない本の中から、ふと手にしてさしたる期待もなしに偶然読みだしたのだが、読み終ったときには深い溜息が出た。

よく知られているように「阿部一族」は、家光時代の肥後藩における殉死をめぐる話である。

封建時代の陰惨さ。運命をひきうける阿部一族の剛毅さ。性格悲劇でもあり、自分を貫こうとすれば今尚、村八分にされかねない日本の精神風土を衝いてもいて、テーマのおもしろさもさることながら、私の感動はもっと別のところにあったような気がする。

「これが散文というものか」
というのがそれであった。

図書室を出るとたそがれていて、くちなしの花がやけに匂った。強烈なショックでその日の夕食がなぜかボソボソした感じで喉を通ったのも、はっきり覚えている。「阿部一族」は、まるで感情を交えないような淡々とした叙述に終始していた。けれども言葉の選択は精妙に働いていて、ただの史実の記述のみにはとどまっていない。沈着、冷静、簡潔。

物足りないくらいのそっけなさだが、この文章全体の香気はいったいどこから発散されてくるのだろう?

活字の虫みたいに本好きの子供だったので、それまでにも手当り次第に雑々と読んでいた。漱石、中勘助、佐藤春夫、吉川英治、林芙美子、吉屋信子、横光利一、それらに比べても鷗外の文章は、ずばぬけていいと感じられた。

十五歳くらいの小娘が、とふりかえってみて思うのだが、この時の感動の質に当時表現こそ与えられなかったにせよ、「すぐれた散文とはこういうものか」と思ったその核には、今書いてきたようなこと、すべてが詰まっていたのである。

それ以来、鷗外のものは割合読んできて、そのせいか人の散文を判定する底には、鷗外の文章が規準というか物差しというか、ともかく絶えず存在し動いてきた。

こうした自分の経験から、現代でも若者の中に似たようなことが起っているだろうと信じることができる。活字離れという現象しか目に見えぬ人は悲しい。数はほんとうに少ないが、若者のなかに大人顔負けの良質の読書家が存在することを私は実感として知っている。

なにも散文とだけは限らない。いいものをパッと感受する力。なにゆえいいかということをうまく説明することはできないにしても、その本質を捉える力は備わっている筈だ。

古典ぎらいの子は私たちの時代より更に増えているだろうが、五十数年を生きてみて、最近つくづくと感じさせられることの一つに、文化の蘇生力、復活力というものがある。これは相当にしぶとくて、絶えるかと見えてまた息ふき返すさまは不思議、不思議というしかない。

戦後まもなく、短歌俳句は第二芸術と貶《けな》されて消えているかに思われたし、歌舞伎は消滅寸前に見えたし、古典文学はボロ屑よりも粗末に扱われて闇市の蓆の上に投げ出されていた。あまりに哀れで十円に満たないお金で何冊か買ったおぼえがある。敗戦の大波に、古いものは根こそぎ攫《さら》われそうな様相であったのが、息ふき返して今花ざかりのありさまを見れば、実に驚くのである。

困るのは絶滅してほしかったものまで、また同時に息ふき返してきたことであるが。

十代の時はからずも、のっけから最高の鷗外の散文に出逢ってしまったわけだが、しかし鷗外風に書こうとか擬《なぞら》えようとしたことは一度もなかった。もっとも真似ようにも真似ることとかなわぬ高度なものだが、さんざん書かされた作文にしろ書くとすればともかく、自分は自分の文章を書かねばならぬと思い定めていたのは我ながら殊勝でもある。鷗外が好きだからと言って、それが唯一無二と思ったわけでもない。鷗外とはタイプの異なるすぐれた文章にもそれ以後沢山触れてきた。ただ原体験とは強いもので、書く場合なるべく明晰に曇りなく、と私を引き据えようとするものに、若い時読んだ鷗外の散文がたしかに存在すると言えるだろう。

しかし散文はむずかしい。なんとも書きづらい。これを書きながらも行きつ戻りつ、あちらへ飛びこちらへ飛びもたついている。

散る文、とはよく言ったものだ。

一般には詩のほうがむずかしいと思われているのだが、長く書きなれたせいか私には詩のほうがはるかに楽である。

詩には「成った！」と思われる瞬間が確かにあり、それは何ものにも代えがたい喜びである。もはや付け加えるものも削るものも何ひとつない。幼稚でも下手でもこれっきりという断念の潔さに達する。それあるために書き継いできたのかもしれない。

ただ氷河のクレヴァスを平然と飛び越える離れわざみたいなことを絶えずやっていて、うまくいったときはいいが下手をすると水たまりを跨いだぐらいのことで天馬空を行くがごとき気分になっていたりするのは、われひとともによくあることだ。詩のほうが、それだけまやかしの入りこむ余地は大きいと言えるかもしれない。

「なにゆえそこを飛び越えたのか？」と質問されても説明のしようもないし、また説明の必要もまるっきりないのが詩である。

散文を書く苦しさは、この説明しなければならないというところにありそうなのだ。散文の文体は叙述でなければならないし、飛躍につぐ飛躍では上等の散文とは言えないだろう。事に即し、物に即して、じりじり律儀に的を絞って「こうなのです」と言わなければならない。

それがひどく面倒で苦手なのである。要するにまだ散文の骨法を会得していないか、或いはまた全く散文には向いていない気質かもしれない。

散文を書きながら、ひどくこちらを悩ませるものは、例えばすぐ前に書いた「要するにまだ散文の骨法を会得していないか……」と書いた途端、

じゃ、詩の骨法はもう会得した？　いえいえとてものことに。

だったら「詩も未だし」も含めなければならぬ、が、それまで書くとごちゃごちゃしてしまう。

一口に散文と言っても、小説あり、科学論文あり、評論あり、解説あり、エッセイあり、随筆あり、レポートあり、手紙文あり、そのどこにポイントを置くかで扇のひらきぐあいは随分違ってくる筈。

「随筆、随想と、エッセイとはどう違うんですか？」という質問を今までに度々受けてきたが、「随筆は身辺雑記で、エッセイはもっと思索性、批評性の強いものを指すらしいですよ」と答えてきた。だが、実際にはエッセイと銘うたれたものにくだらない漫筆あり、随筆、随想として書かれたものに深い思索性を感じる場合があり、その境界は模糊としている。辞書をひけばエッセイは随筆と出てくるのだ。看護婦詰所をナースセンターと言うがごとし、か。

そして私が書いてきたものと言えば、この模糊たるエッセイの部に属する。だったらエッセイにおける散文と的を絞るべきではないか。

などなど一つのことを言おうとすると絡まりついてくる藻はおびただしく、まったく動きをとれなくしてしまう。一行ずつ書き進めてゆく上に起る葛藤が大層きつい。それでもなんとか自分なりの一本の線を貫かなければ、何のために書くのかわからなくなってしまう。

詩は多種多層の同時進行ということが可能なのに、散文ではどうもそれが出来ない。同じく言葉を素材としながら、なんという違いだろう。

たぶん詩と散文のツボの在りかがまるっきり違うのだ。散文を書くとき詩のツボを探して鍼打つようなことをしては失敗する。反対に詩を書くとき散文のツボ辿るようなことをしては、これまた無惨な結果になる。しかし、言葉を使って表現行為をしようとする以上、この二種類のツボぐらい何とか心得ていなければならないのじゃないか。機能の違いこそあれ。そんな思いがいつも頭を去来する。

更にまいるのは、活字になってからやっと自分の書いた散文の不備がはっきり目に入ってくることだ。

これは書かでものことだった。

軽佻浮薄目を掩わしむ。

そんな箇所が目に飛びこんでくる。草稿何度も手直しし、かなり推敲もし、へたな逸脱許さなかったつもりなのに、やれやれ。

生原稿では、自分の書いた肉筆の字に誑《たぶら》かされてしまうらしい。下手な字でも血が通っているような錯覚があるとみえて、つめたい活字になって初めて見えてくるものがあるのだ。

不思議だが詩の場合には殆んどそういうことがない。

過剰よりは足りないくらいのほうがまだましなのは話しことばでも同じで、散文における過剰を私はまだ制御できていないと感じる。

自分の体験を書いてきたが、これは多かれ少なかれ散文を書く場合、他の人をも襲う感慨ではないだろうか。

それは次のような考えへと私を導く。

現代の口語文というものは、人が思っている以上に、かなり未成熟なのだろうということ。不自由なのだろうということ。

日々馴染み、自由自在に使いこなせると思っているのだがその実、歴史は浅く百年にも満たない筈だ。

鷗外の散文がいいのは、口語体であっても文語体に等しい骨組みを持っているからではないか。さらに遡れば彼の深い漢文の素養へと至るだろう。漢文脈の礎石を踏まえた上で書かれている口語文。

二十歳を過ぎてから好きになって、今も時々読み返す中島敦の散文にも、まったく同じことが言える。

さほど有名ではない昔のひとの文語体による紀行文など読んでいて、ほれぼれとして「いやだなァ」と呟いていることがある。「いやだなァ」とは、こんなにも無駄なくきりっと書けて余韻あり、それにひきかえ現代口語文のだらしなさよという反応なのだ。骨なしくらげである。

聖書の今までの文語訳に比べて、新しい口語訳のいかに間のびして味わいに乏しいかということは誰の目にも一目瞭然である。

文語がどのようにして生まれ練りあげられてきたのか、詳しいことは何も知らないが、母胎は漢文であろうし、奈良時代からとしても千年以上の歴史はあるわけである。万葉仮名を案出し、吃り吃りぎくしゃくと文体を創りあげていった草創期から、文語の流麗さに至るまで御先祖達の払った苦労を思うと、なんともいえないいとおしさが湧いてくる。

ただ書きことばとしての文語は、誰にでもたやすく使えるものではなく、知識人占有であった。

言文一致をめざした口語文が生まれたのも当然のなりゆきだが、それがほぼ定着したのは戦後になってからではないだろうか。

私の子供の頃には、役所、学校関係の文書、新聞記事、判決文など、文語はまだまだ一般的でいわば口語と混りあった状態だった。

そのせいかどうか、これを書きながらも気づかされるのは文語的な言いまわしがどうも紛れこんできてしまうことだ。私の癖でもあるのだが、口語で統一しようという意識よりも、リズム感とか短く言い切りたい時に飛び出してくる文語を、そのまま居据わらせてしまう。あんまりいいことではない。

散文のむずかしさ、書きづらさ、難儀よのう……は、あながち自分一人の問題ではなく、千年対百年の文語対口語の問題でもあるだろうと思うとき、いささかは救われる。

原型なしで服をつくるようなもの。磁石盤なしで道行くようなもの。ああでもない、こうでもないとそれぞれが工夫して、書き綴っているさまは玉石混淆、沸騰する坩堝《るつぼ》のように見える。こういう中から口語文の歴史もまた出来てゆくのだろう。散文に対比されるのは韻文で、詩歌も区分すれば韻文の中に入るわけなのだが、現代の口語自由詩は韻も踏まず、形もなく、いたって不安定な状態である。

行分けしてあるから詩のように見えるが、これをふつうの散文に難なく直せもするということから「行分け散文」なる揶揄もしきりである。自分のものは皆目わからないが、人の作品を見た場合、これは詩か散文かを即座に判定できる自信はある。ただ、なぜ詩か、ということを理路整然と説き明かす自信はまるでない。

口語自由詩が芸術として認定されたのは萩原朔太郎かららしいが、朔太郎と言えばつい最近の人で、こちらのほうの歴史の浅さにも一驚する。

たえず散文と詩とを対比する形で書いてきてしまったが（実際私の中で対峙する観念としてあるが）口語形の未成熟ということでは詩も共に同じ運命を担っていて、その点ではまったく同じである。

東北弁

母は東北人であった。

さらに限定すれば、山形県の庄内地方の産である。鶴岡市から二里ばかり離れた在であった。

長野県人であった父に嫁ぎ、大阪、京都、愛知と転々としたが、東北弁はずっとついてまわった。私が物ごころついた頃は、庄内弁をたっぷり浴びていたわけである。母は家のなかではいきいきしたお国言葉を駆使し、世間に対しては標準語を使っていたが、標準語のほうは得意ではなかったらしく、そちらのほうでは寡黙になりがちだった。

家のなかで奔放に庄内弁をしゃべりまくる母は天馬空を行くがごとしであったし、なるべくボロを出さないように、しおらしく標準語を操っているときの母とは、なにか別人のようにみえた。私が言葉というものになにほどか意識的になり、後年詩などを書いて踏み迷う仕儀に至るのも、遠因は母が二刀流のように使う二つの言葉のおもしろさに端を発していたのかもしれない。

母は東北弁にびっくりするような劣等感を持っていて、そのために性格にも内弁慶という弊が出た。私の子供の頃、お歳暮に名古屋の守口漬を東北の親族に発送していたが、松坂屋で母が何軒分かの住所氏名を書いて渡すと、女店員が奥に引込み、それからすぐ女店員数人の笑い声があがった。母は怒りのために赧くなり「山形県西田川郡××村」という住所をみて嗤《わら》ったんだと言い張ってきかなかった。子供ごころにもおかしく思い「なにかほかのことで笑ったんだわ」と言っても納得せず、不機嫌になった。山猿なんかばっかり住んでいそうな辺鄙な土地に守口漬ですってさ、そのような嗤いであるという受けとめかただった。昭和十年頃の話である。

母ばかりではなく、この地方のひとびとが自分たちの言葉におそるべき劣等感を持ち、他所に出ると殆んど一言も発せられず、意志を通じることはおろか買物一つ満足に出来ないことに父は憤慨し、他地方へ出ても平然と話せるよう、小さいうちから学校で標準語をきちんと教えるべきである、言葉が人間のハンディキャップになるなんてそんな馬鹿な！　と夕食のときなど、よく一席ぶった。父は母の庄内弁を愛していたが、共通言語世界におけるまま子ぶりを哀れに思ったり、親族一統の不自由ぶりを気の毒に思ったりしたのだろう。

あれから四十年近い歳月が流れた。学校できちんと教えたらどうだという父の願いなんかは軽々と飛び超えられて、今の若者はラジオやテレビの普及により赤ん坊の頃から標準語のヒヤリングが出来ているせいか、東北出身であっても、まったくそれと気づかせない人が多くなった。中年の人はまだ訛によって察しがつき、なつかしさのあまり「お国はどちらですか」と聞いてしまうのだが、悪いことが見つかったような、前科がばれたような顔をされると、ほんとうに困ってしまう。若い人はその訛さえ、きれいに払拭されてしまっている。それでも他地方の人に比べると表現において遠慮がちであり無口であるという弱点を抜け出ていない。

母のくにの言葉が私は好きで、自分の育った三河弁よりもはるかに好きで、いつまでも味方のつもりでいるのだが、ずうずう弁が嗤いものになったり田舎ことばの代表にされるのがいっこうに改まらないのには腹がたつ。無着成恭の山形弁（庄内弁とは異質）が物真似の折必ず出てくるのも憫笑の要素を含んでいるし、社会党の佐々木更三の仙台弁による国会でのやりとりもひんぴんと揶揄の対象にされた。

なぜだろう、嗤いものにする伝統、劣等感を持つ伝統、二つながらに脈々たるのは……折にふれてそのことを考えさせられてきた。

「白河以北一山百文」という言いかたがあり、明治維新のとき、薩長がたが東北地方を嘲笑した台詞であったらしい。徳川がたについた藩が多く賊軍ということもあったろうが、明治になって改めて出てきた観かたではなく、辺境の地で言葉なんぞ聞くに耐えない鄙語であり、利用価値乏しく一つの山でさえ百文くらいの値打ちしかないという、昔ながらの蝦夷地蔑視のほうが、ずっと根深いだろうと思う。

何年か前、平泉を訪れたとき、藤原三代が持っていた文化の濃密さに酔わされた。毛越寺跡にはあやめが咲いていて、人気のない大泉池のほとりに立つと、その典雅な造園に京都以上に平安朝文化を強く感じさせられたのはふしぎだった。

京都からみれば「夷狄《いてき》」であり「俘囚の長」であったかもしれないが、しかし藤原氏自身が「東夷の遠酋」などと口走ってしまったのはいただけない。なぜもっと自信満々としていてくれなかったのか、こんなことも東北弁に影響してくるのですよ。ついでに言えば後年マルコ・ポーロに金の国という幻想を抱かせる素因となったほどの財力があれば京文化なんかなぞることはなかったのだ。もっと独創的であるべきだった。

更にさかのぼれば、安倍宗任が捕虜として京へ連れてこられ庭前に引きすえられたとき、公卿たちがからかった。梅を指し「なんの花だ」と。宗任は和歌で即答する。

わが国の梅の花とは見たれども
　大宮びとは何といふらむ

方言をからかい、反撃をくらったという、これがわが国の方言問題における文献上の初見なのではないだろうか。それが東北弁であったことが、またこたえるが、宗任の歌はおっとりしたなかに負けてはいないしたたかさを隠していて、見事！　と言ってあげたい気がする。

あれを思いこれを思うが、なぜ侮蔑の対象になるか？　という決定的な真因は摑み出せない。

ふたたび庄内弁に戻ると、横光利一が戦争中、庄内地方に疎開していて朝目覚めると、窓の横を通ってゆく村の娘たちの言葉がまるでフランス語を聞いているようだと感歎して『夜の靴』という随想集に書いていた。

つい最近も或るフランス語教師が、フランス語を喋ろうとするなら東北弁を喋るつもりでやれ、それが一番の近道だと言っているのを聞いた。それがほんとなら東北人はフランス語に通暁するのに決定的利点ありということになる。そしてまた世界で一番美しいと言われているフランス語に似ているのなら、音だけとれば東北弁は日本語のなかでも、もっとも優雅だということになりはしないか。

どこがどう似ているのかよくわからないけれども、たとえば漁師のおかみさんが、しなびきった乳房を臆面もなくはだけ、浜で真黒になって遊んでいる子供たちに叫ぶ。

——まま　喰《ふ》ええよう！

（ごはんよ、いらっしゃい）

その発音と抑揚は、フランス語の調子と似ていなくはない。町かたでは上方文化が色濃く入っていて、

——お待ちなはして　くだはりまんしょ

（少々お待ち下さい）

京弁に近いものを感じるし、やたらに鼻に抜け、あがりさがりの振幅大きいところは、確かにフランス語に似ているようにも思われ、あながち荒唐無稽の説とも言えないようだ。フランス語に似ているからうれしがるというわけではなく、虚心に聞けばそんな類縁を感じる人もいるというだけのこと。

形容詞に秀抜なものが多く、それというのも長い長い雪に閉ざされる暗鬱な暮しのなかで、せめて言葉ぐらい華やかに賑やかにという意識が代々続いてきたのではないかしら。

——お前《め》や、葡萄《ぶんど》のような唇して！

「まあ、この子、唇、まっさおよ」というのより、なにほどかなまなましく鮮烈にくる。いい直喩である。

——でって、おら家《え》には宝物《たからもの》多くて困ったもンだ。

（どうも私の家には宝物が多くて困ったものです）

と初老の男性が言うのを聞いたときは、代々からの書画骨董類多く博物館にでも寄付しなければ処置なしという意味かと一瞬思ったら違っていた。話の前後から察するに、離婚して実家に戻ったままの娘がいたり、いつまでも一人前になれないのがでかい顔していたり、居候めくかかりうどがいたりで、しんどいことよというのが真意だった。その人の人柄もあったろうけれど、辛辣には響かず荷厄介なものを「宝物」という暗喩であたたかく救っていて、いつまでも忘れられないのである。

どこの方言もそうだが、次第に馬齢を重ね、男も女も色気がなくなり、気取りもすっかり取れたころ、はじめて素直に出生地の言葉を受け入れ、おかしかろうが訛がとれなかろうが知っちゃいない、自由自在に口にのぼせるようになる。自分の若い頃のことを思い出すと育った土地の三河弁を出すまいと気どっていたので、大きなことは言えないが、東北弁擁護のあまり、かの地の若い人ももっと平気で豊穣な語彙をたのしんだらいいのに……といつも残念がる。

グループ・サウンズ華やかなりし頃、農家を継がなければならなかった庄内地方の長男たちが、自分たちも何かの娯しみを創り出そうと楽団を作り、夜な夜な練習した。そしてグループ名を〈ビッキーズ〉とつけた。

このあたりでは蛙のことを〈ビッキ〉と言うから〈蛙ども〉となるわけである。〈蛙ども〉というグループ名では機智に乏しいが、ビッキーズとなると庄内弁と英語の合成語とはいえ、なかなかいい。宗任の子孫たることを恥ずかしめない出来である。

ビッキラ（等）だったら完全な日本語になるわけだが、ビックリが崩れたみたいにもなるから、やはりビッキーズのほうがいい。

百年目

そもそも私の落語開眼は遅く、四十代に至ってやっとその面白さがわかったというばかばかしさ。ほかのことではかなりませていたのに、落語に関しては、我ながらひどい晩稲《おくて》であった。

寄席に縁なくきて、ラジオできく落語はどうも耳にひっかかってこず、テレビ時代になって、やっとそのたのしさが会得できたのである。落語は聴くものであり、同時にまた見るものでもあった。

テレビで故志ん生の「鰍沢」を見ていたとき、目と耳の鱗、同時に落ちて、いっぺんに魅せられた。人生には、こういうこともあるのだな。それから急ぎ落語というものを追いかけはじめ、東では故志ん生、西では桂米朝ファンとなったのである。

志ん生は八方やぶれ、米朝はきちっとした演じかたで、芸風は対照的ながらどちらも好きになった。

落語に惹きつけられた理由の第一は、人物描写の確かさで、たった一言でその人物を活写してしまっているところが多々あり、それはすぐれた戯曲の台詞にも似ていた。題のつけかたにも感服する。たいていは名詞だが、さりげなく、きりっとしていて、ポエチカル。

さらにふしぎなのは、聴いてしばらく経つと内容を忘れてしまうことで、だから何度聴いても新鮮で、おかしく笑ってしまう。どういう仕掛けになっているのやら、古典落語の古典たるゆえんなのだろう。

関東に住まいする者にとって、上方落語のおもしろさは多彩な関西弁にもある。ふつう、大阪弁はえげつない、そうぞうしい、品がない、もっちゃりしている、と受けとられることが多いのだが、米朝の落語をきくと、大阪弁の品位というものを強く感じさせられる。

たとえば、「百年目」。

寝小便をする小僧時代から仕込んで番頭にした主人公に対して、その店の大旦那の使う言葉が美しい。ほとんど敬語的にきこえた。船場あたりの大旦那の日常語は、こうもあったろうか、と思わせられる。

内容も浪花ならではの味わいである。

上方落語の発掘、継承の段階で、大阪弁へのさまざまな操作があっただろうとは想像されるが、こういうものとして定着し、私たちの認識を改めさせてくれた米朝の功績は大きい。

大阪弁は活字では表記しつくせないと書いておられたが、ともかく全集を通して、一度聞いた話もいきいきと思い出されるし、声音やしぐさも蘇ってきて、大阪弁の神髄を捉えるのに、この上ない結構なテキストにもなってくれそうである。

すばらしく頭のいい方ではあるまいか、と思っているのだが、風貌もまた端正で、大学教授でもつとまりそうな人がずっこけ話に身心を打ち込んでいる、そのアンバランスなところがいい。

話は飛ぶが、詩人の金子光晴は青春時代、正岡容と親交のあった人で、落語にもくわしかった。その自伝的文章のなかに正岡容の名は沢山出てくる。騒々しいので通称「ジャズ」とあだ名された彼は、一九二八(昭和三)年頃の大阪を溌剌とうごきまわっている。

金子光晴はその詩も、ふだんの話術もユーモラスで、すっとぼけた味があり、間のとりかたなど絶妙だった。江戸、上方含めて彼が日本独得の話芸から汲みあげたものは、非常に大きかったのだろう。

桂米朝は正岡容の弟子すじにあたる方らしく、しかも師のけたはずれの部分よりも、もっとその本質を採っているように感じられて、陰ながら親しみを覚える一因にもなっている。

「ここで会ったが百年目」は、観念するのたとえだろうが、私は、「ここでの出逢いぞ百年目」くらいのうれしさで、米朝の落語をこれからも逃さず聴きたいとおもっている。

清談について

清談をしたくおもいます
物価　税金のはなし　おことわり
人の悪口　噂もいや
我が子の報告　逐一もごかんべん
芸術づいた気障なのもやだし
受けうりの政談は　ふるふるお助け！

日常の暮しからは　すっぱり切れて
ふわり漂うはなし
生きてることのおもしろさ　おかしさ
哀しさ　くだらなさ　ひょいと料理して
たべさせてくれる腕ききのコックはいませんか

私もうまくできないので憧れるのです
求む　清談の相手
女に限り　年齢を問わず　報酬なし
当方四十歳（としややサバをよんでいる）

数年前に書いたものだが、詩ともいえないしろもので、散文に直して語ろうとしたのだが、上手にときほぐせない。するとやっぱり詩なのであろうかと、いぶかしむ。これが放送されたとき、わりあい反響があって、未知の人からだいぶお手紙をいただいた。

私を驚かせたのは、女どうしのあいだで、清談が成立しにくいことを各年齢層の人が、かなり切実に感じているということだった。

この詩は女のひとにわかってもらえるかなァと思っていたのだが、それがまことにおこがましいことであったのだ。一通の手紙には、「実家へ帰るときは、いつもいそいそと行くのだけれど、帰るときはきまって空しい、やりきれない気分になっている。それというのも、話題が親族間の根掘り葉掘り、利害打算、日常べったりで、あなたの言われる清談の要素にまったく乏しいからなのだ」と書かれ、肉親間の会話でさえ、このように醒めた耳で聴いている女性がいるのだなと思い、深く印象にとどまった。

もちろん、物価高に関して口角泡を飛ばさなければならないときもあり、税金の行方についてまなじり決して迫らなければならないときもある。けれども会えば、がっぽがっぽと税金とられることの憤懣を、めんめんと歎く中小企業の奥さんを知っていて、何を話しかけても聞く耳もたず、常に聞き手を強要され、税金ばなしを出ないのには閉口させられる。

夫、子どもの噂、自慢ばなし、こきおろし。

若い娘だったら、結婚について、恋人について、おしゃれについて。

共通の知人の、どこまでが真実で、どこからがフィクションかわからない噂、悪口。

それらを一つ一つ消し去っていって、なお、話題として残るものが、はたして女にはあるのだろうか？


中国の晋の頃、竹林の七賢人と言われた隠士たちがいて、乱世に志を得ぬまま、この世にそっぽをむき、竹林の奥深くで、藪蚊にくわれほうだい、たつきは貧しいのに、話題は俗事名利をまったく離れ、かつ豊穣きわまりないものであった――というところから「清談」という言葉は生まれたらしい。晋代の頃、すでに清談のあまりの乏しさにうんざりし、そういうものに憧れた人びとが、多数いたということの裏返しでもあろう。

が、私の指すのは、そんなに高尚なことではなくて、「毒々しい話」に対するに「清々しい話」というものもあろう、「濁談」に対するに「清談」というものもあろうというぐらいの意味である。この見分けかたも簡単である。話しあって別れたのち後味のいいときは、清談の要素が多かったのだ。反対に後味すこぶる悪く悶々のときは、俗談につぐ俗談、心中、相手をなじるばかりではなく、みずからの野卑さかげんに愕然となるのである。

なろうことなら、後味のいい会話をたのしみたい。「女どうしで話しているより、男と話したほうがずっとおもしろいし、得るところもある」という女が圧倒的に多いのは、比率からいって男のほうに清談の名手が多いということを意味しないだろうか？　ある男性にそんなことを告げたら、「男だっておんなじよ」と、いたって女性的な語尾を持つ答が返ってきたのだけれども。

女どうしが腹をわって話す——というのは、共通の知人、友人の悪口をおもうさま言って、そのことによって親愛感を覚え、盟約を結び親友となる、という場合が多い。また人に知られたくない秘密を、洗いざらい暴露的にぶちまけて、相手もそのようにし、互いの秘密を握りあうことによって、親友になる場合。女が腹をうちわって話すということが、そういうことであるならば、まことにうそ寒いのである。これが生涯つづくならまだしも、親密度というのは頂点に達すると、何かのきっかけでたちまちに反撥、離反に転化することが多い。親密の度合いが大きければ、それだけ離反の力も大きく働く。互いに握っている相手の秘密を、今度は小放送局となって、それぞれ世間の誰彼にぶちまける。親友変じて裏切者となるわけで、こうした経験は誰しもあるとみえ、女どうしが話す場合、きわめて用心深く、閉鎖的になり、それがいっそう女どうしの会話をつまらないものにするという、悪循環になっている。

いずれにしても「程のよさ」「節度」「会話のたのしさへの配慮」に乏しいわけである。かなりの年齢に達しても、女は自己中心的な幼児性をなかなか脱けられない。ようやくの思いで家を獲得し、大よろこびで隣近所とのつきあいを開始、どちらが自分の家かわからないほど、あちらこちらに入りびたり、あげく、そうしたつきあいの拙劣さ、話題、言葉のまずさがたたって、自分のみ四面楚歌と思いこむに至り、私はいいのだが、ここは人間の気風が悪いのだ、もっとましな所へと、数年を経ずして「引越し」となり、夫子どもを捲きこんで別天地へと去る。人の住むところ、世界の果まで行っても大同小異に思えるのだが、こういう例を何度も見聞すると、ついたり離れたり、離合集散ただならぬ小学生や中学生時代の幼児性のままで、発育も成熟もとまってしまったかにみえる。外のことでは、かなり知恵づくのに、人とのつきあいかた、話す術の、「いいあんばい」をなかなか獲得できない。

「戒語」と「愛語」

良寛は「戒語」九十ヵ条を残している。

一、ことばの多き。
一、口のはやき。
一、とはずがたり。
一、さしで口。
一、手がら話。
一、能《よ》く心得ぬ事を人に教ふる。
一、物いひのきはどき。
一、親切らしく物いふ。
一、さしたることもなきことをこまごまといふ。
一、見ること聞くことを一つ一ついふ。

一、子どものこしやくなる。
一、都言葉などをおぼえ、したり顔にいふ。
一、くれて（与へて）後、人にその事を語る。
一、おれがかうしたかうした。
一、学者くさき話。
一、風雅くさき話。
一、さとりくさき話。
一、茶人くさき話。
一、すべて言葉をしみじみといふべし。
一、言葉は惜しみ惜しみいふべし。

これらは唐木順三著『良寛』からの抜粋である。よくこなれていて、わかりやすく、その上、一つ一つがこちらの胸に突きささってきて、ぜんぶ自分のことを言われているのじゃないかとさえ思う。これは良寛の言語論が上等である証拠である。具体例はあげていないのに、読者それぞれの、経験のなかの、悪例、良例こもごも立って、わっとむらがりよせてくるのを感じないだろうか。

言葉を発する根源のところに、すべて達していて、だから時代さえ超えてしまっているのだろう。

いつか九十ヵ条をぜんぶ読んでみたいと思うのだが、今、唐木順三氏の長年の研究の末、厳選して抜粋してあるものを、更に引用させてもらって、何をか云々することは、「能く心得ぬ事を人に教ふる」にぴったりあてはまるだろう。それを侵してまで書いたのは、部分であれ、まだ知らない人に紹介し、この悦びを分ちたいという誘惑に抗しがたかったからなのだが、これも「さしで口」の部類に入ってしまうかもしれない。「戒語」の二、三種でいいから、ほんとうに我がいましめとすることができるなら、その人の言葉は格段によくなりそうな気がする。

良寛は「愛語」というのを筆写してもいる。これは良寛が傾倒した道元の、僧としての言語論だが、綿密に写しとったところをみると、ぞっこん惚れこんだからであるに違いない。

唐木順三氏の現代語訳によれば、

「愛語とは、菩薩が衆生を見るとき、まづ慈愛の心を発して、その時、その人に応じた顧愛の言葉を施すことである。おほよそ暴言、悪口を口にしない。……愛語を好んで使つてゐるうちに、次第に愛語は増し育つてゆく。さうすることをしてゐる間に、常日頃思つてもみなかつたいつくしみの言葉が思はず口をついて出てくるといふことになる。命のある限りは、このんで愛語をつづけなさい。……怨む敵に頭を下げさせ、また有徳の人々の間をやはらげむつまじくするためにはまづ愛語の心が根本である。……愛語には天を逆に廻すほどの力があることを学ぶべきである」。

良寛の詩歌を読むと、言葉はまさしく「やさしさの極致」として使われている。それこそが言葉の最大の魅力として捉えられていたのではなかろうかと想像される。

そのことに異論はまったくない。「いつくしみの心」が、言葉の魅力のつきせぬ泉であることは、今も変りはないのである。

百五十年ほど前に、こんなにわかりやすい簡潔な言語論を残しておいてくれた良寛に、大いなる感謝を捧げながらも、現在を生きている者として敢えて不満を述べるなら、これだけでいいのだろうか？ということである。消極的な勁さはあっても、積極的な強さを欠いていないだろうか？これは良寛に限らず、日本人にずっと流れてきた言語感覚そのものでもあって、そういう意味で、良寛の「戒語」は、日本人の言語美学の頂点をなしているようにも思われる。いわば寡黙の美学である。何かが一つ足らない気がしないでもない。

美しい言葉とは

私のいやな言葉、聞きぐるしいと思っている日本語は無数にある。出せといわれたら、ずいぶん沢山出してみせられるだろう。

日本語について多くの人が語る場合も、たいていは、その否定的な面を指摘することで尽きている場合が多い。いやな日本語を叩きつぶせば、美しい日本語が蘇るというものでもないだろう。否定的な側面を指摘するのと同じくらいのエネルギーで、美しい言葉に対する考えをかきたててゆきたいし、多くの人の、いろんな形による発言を聴きたいものだという願いが、私にはある。

しかし、美しい日本語に対する発言や考察が、ひどく乏しいというのは、どういうことなのだろう。まずいものを食べたときは「まずい、まずい」と大騒ぎするが、おいしいものの通過するときは、割にけろりとしているように、美しいことばというものは、生活の隅々で意識されず、ひっそりと息づき、光り、掴いがたいものであるためか。

それとも美しい言葉とはどんなものか？　というイメージが、私たちにきわめて貧しいためなのだろうか。

そしてまた、いやな日本語で一致点を見出すよりも、美しい言葉で一致点を見つけ出すことの方が、今日、はるかに困難なのを暗黙裡に悟っているためなのだろうか。

文学者の場合は、答は、はっきりしている。美しい言葉を掴み出そうとして、四苦八苦したありさまと成果は、その作品をみれば明らかだから……。

ここで触れたくおもうのは、なるべく文学作品は避けて、もっと身近な、日々空気のように必要な言葉たちのなかから、幾つかの例をとりだしてみたいのである。生まれてこのかた、私もずいぶん長いこと日本語を聴いてきたわけだが、私なりの「美しい言葉とは」というものが、いろいろに沈澱してきている。おもに女のひとの言葉を例にとりつつ、少し整理してみたい。

いつまでも忘れられない言葉は、美しい言葉である――二つは殆んど同義語のように私には感じられてならない。忘れられないというのは、よくもわるくも一人の人間のまぎれもない実在を確認した、ということを意味するのかもしれない。たとえこちらの胸に刺のように突きささっているものであっても。

また、人間の弱さや弱点を隠さなかった言葉は、おおむね忘れがたいし、こちらの胸にしみとおる。このことは既に子供の頃から感づいていて、だから「さらけだす必要もないが、しかし、自分の弱さを隠すな」と、ずいぶんと自身に言いきかせてきたのだが、過ぎこしかたを省みると隠蔽の気配のみが濃いようだ。

学者、作家が入りまじっての座談会などで、作家の言葉の方が俄然、精彩を放っていきいきと感じられるのを、何度も見聞してきたが、これは学者に比べ、作家の方が自分の弱さを隠さないという修練ができている賜物なのだろうと思う。

整理されたなかに、未整理の部分を含んだ言葉も、或る緊張を強いて美しい。もともと人間は、そういう存在だからだろう。

語られる内容と、言葉とが過不足なく釣合っている場合も、きわめてこころよい。政治家の言う「小骨一本抜かない」「衿を正す」などは、なんらの実体も感じさせない点で下の下である。言葉は浮いてはならないのだ。

鷗外の短篇「最後の一句」は、言葉の発し手と、受け手とが、ぴたり切りむすんだ時、初めて言葉が成立するという秘密を、あますところなく伝えてくれている。全身の重味を賭けて言葉を発したところで、受け手がぼんくらでは、不発に終り流れてゆくのみである。言葉を良く成立させるための、条件というものがあるらしいのだ。戦後の幾つかの大きな裁判は、これらの条件が如何に欠けていたかを教えてくれる。

何項目にも分れてしまう、いろんな考えのなかから、私の最も大切に思われるものを、次に三つ挙げてみたい。

第一に、その人なりの発見を持った言葉は美しいと思う。どんな些細なことであっても。

知りあいの女性が或る日、ぽつんと「うちの亭主のいいところは、まるで野心というものを持たないことだわ」と言った。投げやりではなく、諦めでもなく、夫の美点をまことに慈むような言いかただった。女はなべて、野心に猛り闘志満々の男に惹かれるものだという公式的な観念を、さりげなくぶち破っていた。ひどく新鮮に響いたのは、あとで考えると、彼女なりの発見がこちらを打ったのであろう。自己顕示欲でぎらぎらしているような、また拝金主義でへとへとのような世相に対する抵抗も含まれているようであった。

野心を持たず、しかし、やるべきことをやって素敵な男性というものは、この世に多いのだが、女性によって良く発見されているとは言えない。能なしとか働きが悪いとかで片付けられているのが落ちである。こういう、さらりと涼しい言葉が出てくる基盤として考えられるのは、彼女もまた共に働いているからではなかったろうか。

十年も前に出た加藤八千代詩集『子供の夕暮』のあとがきには、こう書いてある。

大人とは　子供の夕暮ではないのか。

これもまた、私には一つの発見に思われた。もっともこういう考えは、これまでにも沢山あったかもしれない。だから加藤八千代の発見はむしろ「子供の夕暮」という言葉のなかにあったという方が正当かもしれない。

躾けられ、仕込まれた子供が、やがて一人前の大人になって成熟してゆく——この過程を誰も本気に疑ってみようとはしないけれど、本当は人間存在の輝きを放つのは、子供時代から青春前期くらいにかけてであって、それが次第にくだらなく黄昏れていったのが大人かもしれないではないか。

この一行は、折にふれて、この十年あまりひとつのメロディのように私のなかで鳴る。時に反撥し、時に素直になり、いまだにゆれ動いていて決着がつかないが、「大人は子供の夕暮ではない」とほんとうは言いたいのだ。

が、当面、自分を実験台にのせて、もう少し様子をみる外はない。世界的な規模で「教育」というものへの若者の反撃が始まっているのも、なんだかこの一行とも無関係ではなさそうである。

第二に、正確な言葉は美しい。正確さへのせめて近似値に近づこうとしている言葉は美しい。研究論文であっても、描写であっても、認識であっても。

文学的な正確さは、ふつう言う意味の正確さとは、一寸次元を異にしていて、これもきわめて大切なものだが、ここでは触れない。

私が二十歳の頃、田舎のある家を訪ねたことがあった。主人に用があったのだが、初老の奥さんが出てきて、静かに言った。「主人は今、ちんぼの裏っぽに腫瘍《できもん》ができて、伏せっとります」私は仰天し、あとは、しどろもどろとなったが、当時きわめてはしたなく思われた言葉も、今となってみると、置かれた状況を説明するに正確無比、要らざる憶測を避けるという意味で間然するところがない。部位の名称が、あまりにあどけない幼児語ではあったけれども。

これは私のなかで、いつしか美しい言葉の部類に昇格した。と言っても人を納得させるわけにはいかないだろう。この夫人は小学校しか出ていない人だったが、品格があり、教養とはこういうものかと思わせるものが身に添っており、しんと落ちついていて、私の好きなひとだったのだが、その人柄を抜きにして、言葉だけでは何もわからないに等しいからだ。このことから私は考える。言葉とは、その人間に固有のもので、とうてい切離すことができないのではなかろうか。

美しい言葉だと聴いて、そっくりそのまま真似してみても、その人と同じ美しさを維持することは絶対に出来ない。彼女の言葉も、他の人が言ったのであれば、このように忘れがたくは残らなかったような気がする。「文は人なり」と同じように「言葉は人なり」で、人格の反映以外のなにものでもない。普遍的に美しい言葉などというものはあるのだろうか。非常に疑わしいのである。

「……でございます」という、非のうちどころのないと思われている一言さえ、発する人次第で、爽やかにも、また叫び出したいくらい、まだるっこしくも感じとられるのは、こわいくらいである。

後日譚になるが、この老夫人の夫が癌にかかった。何度も手術をし胃潰瘍ということにしてあったが、夫は荒れに荒れた。医師を罵り、附添いの人に当った。曖昧さが我慢ならなかったのだろう。それを見定めた老夫人は、やはり静かに夫にむかい、癌であることを告げた。夫は一夜、まんじりともせず天井を睨めつけていたそうだが、明けがた「すまなかったな」と一言わびて、以後いい病人となり、ごく平静に死を迎えたそうである。人によって考えかたもまちまちだろうが、自分の命にとどめを刺した病名ぐらいは確認して、逝きたいと願う人も無い筈はない。夫妻ともどもに正確さへの志向を強く持っていた人たちだった。何故かはしらねども、人間は正確さへ正確さへと遡りたがる動物である。それを満足させられたとき、「美」と感受するものが人間にはある。

第三に、体験の組織化ということがある。これは人間の言葉を、言葉たらしめる一番大切な要素に思われる。これさえうまく出来ないとすれば、たしかに「大人は子供の夕暮」なんだ。

日本人の数すくない美点の一つとして、記録愛好癖があげられると、かねがね私は思っている。あらゆる階層にわたって、日記、メモを書き続ける人口の多いこと、多種の記録が大切に保存されること、古い庄屋の蔵から江戸時代の大福帳など現れて、大いに研究に資するのこと、流人となって流された島でまですぐれたルポルタージュを書き残した庶民があったこと、正史の途だえた部分を公卿の日記が期せずして埋めたりしていること等々。

よほど読んだり、書いたりすることの好きな民族であって、他民族との比較の上でも、かなり上位を占めそうに思う。ひょっとしたら第一位かもしれない。これらは、自分の生きたことをかなり大切に扱ってきた、また扱いつつある証拠だろうが、惜しむらくはそれらのことどもが、あざなえる縄のごとくに、うまくよじりあわされてこなかったことだ。結果としては、行雲流水、てんでばらばらに散らばっているのである。いにしえより、これだけの記録愛好癖を持った民の言葉が、力強さや、ずしりとした重味に欠けているのは、体験の組みたてに、自他の体験の組織化に大いなる欠陥があったのだとしか思われない。

思わず悲観的になってしまったが、それはこの小文の主旨ではなかった。体験の組みたての、まことにすぐれた例として、一つの詩を紹介したい。

崖　　石垣りん

戦争の終り、

サイパン島の崖の上から
次々に身を投げた女たち。
美徳やら義理やら体裁やら
何やら。
火だの男だのに追いつめられて。
とばなければならないからとびこんだ。
ゆき場のないゆき場所。
（崖はいつも女をまっさかさまにする）

それがねえ
まだ一人も海にとどかないのだ。
十五年もたつというのに
どうしたんだろう。
あの、
女。

この詩は一九六八年刊、石垣りん詩集『表札など』に収められている。この詩を読みつつ最終連に至ったとき、私の眼はそこに釘づけになった。衝撃を受けつつ、何度もくりかえし読んだ。第二次大戦をテーマとした詩は多いが、「崖」はたぶん、もっともすぐれたものの一つになるだろう。

辞書をひかなければわからないという言葉はなく、詩的修飾もまるっきり施されてはいないのだが、しかし、きわめて難解な詩だともいえよう。

最終連の、物体としての女は確かに海へ落ちたのだが、実体としての女は落ちず、行方不明なのだということがわからなければ……。私の考えによれば、行方不明の女の霊は、戦後の私たちの暮しのなかに、心のなかに、実に曖昧に紛れ込んだのだ。うまく死ねなかったのである。自分の死を死ねなかったのである。

そのことを海は、発言しているわけなのだろう。サイパン島玉砕をテーマとしながら、この詩はさまざまな思考へと私を導く。現在でも交通事故で奪われた幼児の生命、心ならずも不自然に中断を余儀なくされた生命たちは、行方不明のままさまよっているのではないか……私たちのなかに。

そして私たちがわれらの文化と呼び、伝統と指しているものも、実はこれら行方不明者たちの捉えがたい怨み、曖昧な不燃焼のことではなかったのか。

この詩は戦後十五年の時点で書かれたことがわかるが、美しくも凄味のある言葉を生んだのは、戦後間もなく公開されたサイパン島玉砕の記録映画（アメリカ側による）をたぶん、石垣りんが見てのち、十五年近くもそのショックを持続させてきたことと、その体験をみずからの暮しの周辺のなかで、たえず組みたてたり、ほぐしたりしながら或る日動かしがたく結晶化させたものだからだろうと思う。

私もこの実写記録を見た。子供を抱え、あるいは一人で、何人もの女たちが崖から海へ棒のように落下した。望遠レンズを使って映したらしいそれは、白昼夢のように滑稽で、たよりなげで、異様でもあった。「あれは私だ！」という痛覚もあった。あの日そこに居たなら自分も間違いなく飛びこんでいた筈だから。ただ私はこの体験をうまく組みたてられなかったから尚のこと「崖」という詩に感動するのである。

この詩を読むと、体験の組織化だけではなしに、「発見」「表現の正確さ」をも兼ねそなえていることがわかる。この詩に限らず私がはたと立止ってしまった美しい言葉たちは、おおむねこの三つくらいの要素が重なりあっている場合が多い。

ふつう一般の日常会話もそうだが、また、文学作品についても当てはまることだろうと思う。すくなくとも私はそうである。発見のない、表現の不正確な、体験の組織化の果されていない作品は読むに耐えない。

以上、言葉を生む母胎のようなものばかりに触れてきたが、実際、私は人の話を聴く場合、現れた言葉の形、形式には殆んどこだわらない。こだわらなさすぎて困るぐらいである。もう少し、こだわるべきかと思っている。文法的におかしいことや、自分の行為にうっかり敬語をくっつけてしまっているのよりも（避けられればそれにこしたことはないが）むしろ内容の方がはるかに気にかかるのである。乱れていようが、珍妙であろうが「ああ、久しぶりに人間の言葉を聴いた」という、一種のよろこびを呼びさましてくれるものを、私は美しい言葉だと思っている。

それは傑出した人の傑出した言葉とのみは限らない。新聞の投書欄のなかに、行きずりの人のことばのきれはしに、友人とのだべりや批判のなかからも得ることはできる。ただ年々、それらは乏しくなってきつつあるような気がしてならない。人々はあまりに忙しすぎるのだ。

毎日誰かしらと話している。

毎日何かしらを読んでいる。

毎日なんだかんだの日本語を聴いている。

言葉の渦であり、言葉の氾濫、洪水であり、日本語の賑やかなこと驚くべきものだが、その実おそろしく、一人の人間の鮮烈な言葉にゆきあたらない、ということなのだ。

打合せのための事務的な言葉、利害を分ちあうための暗号、記号、符牒のようなものはとびかう。政治家の煮たか焼いたかわからないような言語料理法、コマーシャルの白髪三千丈的な大袈裟さ。いまはやりの「接触する」「……という感触があった」などが示しているように昆虫の触角のふれあいのような、また小当りに当ってみるという痴漢を連想させるような妙ないいまわし。こんな言葉のなかからは、もはや人間の交流など望みうべくもない。

都会地でそれらは一層はげしいが、都会の人々がやたらに旅にあこがれるのも、地方にはまだ人間のことばが残っていそうに思われ、ことばの平常心、ことばの健やかさが何気なく匂っていそうに思われて、それに触れたいという無意識の願望も隠れているのではないだろうか。

言葉は耳のまわりを、目の前を飛びかい、なんとか人の心に痕跡を残したいと騒ぐが、受けとり手はただただ馬耳東風にきき流してしまっている。人の話すことに好奇心なり関心なりを動かさなくなるとき、それが老化現象の第一歩だと思うが、社会現象としての老化徴候は言葉だけから見ても深く静かに進んでいて、既に老人のような若者もいっぱいだ。

かくいう私自身も、大事なことくだらぬことひっくるめて、もう沢山、聴く耳もたぬという態度になっていることがかなり多くて、その怠惰さにハッとなることがある。こうしたことが習い性となると、たぶん自分の発する言葉もきわめて安易な出かたをするようになるだろう。それもまた人々によって馬耳東風にきき流されてゆくだろう。「言霊の幸ふ国《さきはふくに》」などと勝手にきめてきたわけだが、それにしてもこうしためったやたらな溢れかえりを指したものではなかった筈である。一人の人間のなかに長い間あたためられ、十分に蓄電されて、何かが静かに身を起し、ぽっと燈りのつくような、言葉が幸《さち》そのものを呼びよせてしまうような、あるいはまた鋭い電流が一瞬に走り出すような、言語機能の不可思議さ、不可知さを言霊と名づけたものだろうが、この魅力ある霊《たま》の所在を示すような言葉に、なかなか行きあえないことをひしひしと感じる。

またしても暗くなったが、やむをえない。「言葉の不在」は、まっすぐに「人間不在」につながるもので、考えてみるとひどくおそろしいことである。

けれど毎日毎日を、そらおそろしやと思って暮しているわけではけっしてない。ある日、ある時、美しい言葉に出会った瞬間、愕然とそのことに気づかされるのである。

おいてけぼり

　ある町を歩いていたら、「おいてけぼり」という喫茶店の看板が目に入った。覗いてみると、なかなか綺麗な店である。

「おいてけぼり……か、しゃれた名前ね」と、ちょっと誘われるものを感じたが、常に珈琲の飲みすぎであるから、寄らないでそのまま通りすぎた。

　世の中から、おいてけぼりをくって、あるいはみずから出世街道をさっさと下りて「こんな店を始めたよ」ともとれるし、恋人どうし待ち合せたって、「いずれはおいてけぼりをくうよ」という皮肉さも感じられるし、それとも銭だけはともかく「おいてけ！」ってことかな……などと命名者の心境をあれこれ想像したのである。

　以前、新聞に連載されていた「江戸言葉」というのが切り抜いてあって、その中に「おいてけぼり」というのもあった。それによると、江戸時代、今の錦糸堀付近で魚を釣って帰ろうとすると、池の中から「置いてけ！　置いてけ！」という声がするので、人はびっくり仰天、獲物を置いて逃げ帰る。

「置いてけ堀」は「江戸の伝説本所七不思議の一つ」と言われた民話からきたもので、それから置き去りにすること、されることを「おいてけぼり」とも言うようになったのだそうだ。江戸時代の俗語が今に生きているわけである。レストランにしろマンションにしろ、わけのわからない横文字ばやりで、いったいどこの国かと思うばかりだが、すっきりした日本語の店名があったりすると、それに敬意を表して、味のほうは少々我慢しようとなったりする。そう言えば「まあまあじゃん」という店もあった。

江戸言葉には、女を表現するのにも、おもしろいのがいろいろあって、垢ぬけた女を「渋皮のむけた女」と言ったりしたのは、うまいと思う。栗御飯のための栗をむく秋、いつも成程……と思い出してしまう。

おきゃん

おてんば

おちゃっぴい

じゃじゃ馬

こんな言葉を拾ってゆくと、江戸の人々はぐずぐず、しおしおとした女よりも、潑剌とした張りのある女を、ひやかしつつ愛したのではなかったか……と思われてくる。

電車のなかで或るおばあさんが連れのひとに「家の嫁は、あばずれであばずれで」とこぼし、その抑揚がおかしかったので、おもわず吹き出しそうになったが、憎々しげに言ったのに「あばずれ」という、これも江戸言葉が、それ自身ユーモラスでもあるので、さほど毒々しくは聞えなかった。

「きんぴら娘」というのもあって、これは当時の浄瑠璃のヒーロー、怪力無双の金平《きんぴら》にちなんでつけられたのだそうで、まあ、「豪傑娘」というくらいの意味らしい。丈夫で元気のいいものにはすべて「きんぴら」なる接頭語を冠して楽しんだわけだが、「きんぴら娘」は聞いたことがないから、死語になってしまったのだろう。けれど「きんぴらごぼう」のほうは抜きさしならぬ形で、ばっちり残った。

現在も沢山の俗語、流行語がすさまじい勢いで生まれつつあるが、江戸時代のそれのように、二百年も三百年も後にまで残ってゆくものがあるのだろうか？

もうだいぶ前のことになるが「ハレンチ！」というのがはやったことがあって、昔だったら「破廉恥なヤツ」と言われたら死んでしまわねばならないほど屈辱的な罵倒語だったろうに、「ハレンチ！」のほうは「やったぜ！」みたいな称讃語として使っていた。意味をひっくりかえしたところがおもしろく、人目ばかりを気にする日本人の感覚に痛棒くらわしてもいるようで、これは新たな語彙のなかに入るかと思ったけれど、あっけなく水泡のように消えてしまった。

いずれにしても、言葉の流行と、ファッションの流行とは、どこかで通いあうものを持っている。つまり馬鹿馬鹿しいところ、軽佻浮薄なところ、そして蘇生力、復活力の旺盛なところ、くりかえしの妙などが。

だからと言って、はやりすたりもなく、行儀よろしく、静まりかえっているばかりが能でもなく、ときどきはギョッ！　とさせられたりさせたりして人は生きてゆくのだ。そのへんのところがなかなか微妙で、言葉とファッション、二つながらにあまりにも目まぐるしい流行に、どこまで抵抗できるか、どのあたりで誘惑されてしまったか、自身を素材に観察してみるのは、おもしろい。

ミニ全盛のとき、私は殆んどのスカートを切ってしまって、今後悔することしきり、気に入っていたスカートの裾をまたぞろ出来るだけ伸ばして、ヘムなどつけている自分が哀れになる。

断乎として切らず、すすんでおいてけぼりをくい、一サイクル廻るのを待った「きんぴら夫人」も身近に居るのであった。

いちど視たもの

はじめに

まるで映画のワンカットのように、一つの忘れられない鋭い場面が、今に至るまで私の記憶に鮮明に焼きついている。

一九五一（昭和二十六）年四月、戦後初めての医学総会が東京で開かれた。それに参加すべく地方から上京した七十歳の義父の案内役として、私も一緒に東京大学に赴いた時のことである。戦後のこの時期は、あらゆる分野で閉されていた研究欲、表現欲が堰を切ったように溢れ出ようとしていた時で、医学界のそれも、学問の本道に立ち戻ろうとする医師たちの活気が漲っていた。

あまり大勢で私たちは開会式の講堂には入れず、幾つかの教室に分かれて、アナウンスされる式次第を聴いていたのだが、思いもかけず天皇の登場と挨拶なるものがあって、

「御起立ねがいます」と司会者が言い、がたがたと医師たちは立った。

しかし、見れば、約半数は立たず坐ったままである。静かだったが、かたくなな拒否の姿勢であった。

あッ！　と思った一瞬の光景は鮮やかだが、その時私はどうしていたろうか？　と振り返っても自分自身のことはどうも思い出せない。クリスチャンであった義父が坐ったままだったら印象は強烈にくる筈なのだが、それが無いから義父は立ったほうの側だったろうか、すると嫁である私も思わず立ってしまったのだろう。この稿を書きはじめて今、やっと二人の姿がはなはだぼやけている情ない事態に気がついた。ただ〈眼〉だけとなっていて、塑像のように見事な拒否の姿勢のみを記憶しつづけてきたということになる。

実際に天皇の姿の見えた講堂の中でも立たなかった人は多く居たろうと思う。

軍医として戦争に行き、復員してきたばかりという感じの若い医師たちも多く、今と違って当時は分類すれば知識人の項に入るだろう彼らが戦場で見聞してきたものを反芻すれば——殺戮と治療という矛盾を生きて、その頂点に天皇が居たことを体得しつづけてきただろう彼らが、「御起立ねがいます」などには、断固！　だったことは痛いほどにわかった。

立つも立たないも本人の気持次第、立たなくても何の咎めだてもしないという自由な空気は、軍国少女として育ってきた私には、びっくりするくらい新鮮だった。

かつて静かな拒否を身をもって示した医師たちも今は、ほぼ初老もしくは老医の年齢になっている筈である。そして時折思うのは、彼らは今もあの時の気持を持ち続けているだろうか？　ということである。

たとえば相撲を見に行った日、たまたま天皇も見にきたとする。姿が現われると必ず起立を強要される。人々は現在ほぼ全員立つだろう。その中にまじっていたと仮定する彼らは？　という問いが、よく頭をかすめる。そして想像上の彼らは、てもなく立ってしまうのである。

時間はすべてを風化させてゆく、時代風潮をも個人をも。それに逆らって児戯に類することに見えようとも、若い日の姿勢を崩さない人が、あの中に何人かは居てほしいなァという願いが消しがたく私の中に在る。

現在の私はと言えば、天皇と鉢合せするような場所には絶対行きたくないが、もしそういう場所にぶつかって起立を強要されたら、断固立つまいと心に思い定めている。

敗戦後三十二年を経過して、〈みずから思い想う〉が思想なら、私の思想の根もとには、「尊敬するものぐらいは自分で決める」という居直りがあるようなのだ。強要される尊崇は、それが何であれ、もうまっぴらごめんである。

一　古代史への関心

敗戦時、学生であった私は阿佐ケ谷の闇市で岩波文庫の『古事記』『日本書紀』を買った。二十一歳頃のことで一冊十円だったと覚えている。ゾッキ本なみに、日本の古典が残骸さらすように地べたに並べられていた。過去の一切合財、総否定であり、日本の古典もやがてすっかり消失するだろうと、本気で感じられたものだった。皆がもうふるふる見たくもないという顔をしていた時、古事記類を買ったのは我ながらあまのじゃくだったと今にして思うが、その時は、ただ読みたいという欲求があっただけである。

小学校四年生の頃に日支事変と呼ばれるものが勃発し、二十歳で敗戦となるまで、学校教育は天皇主義で染めあげられ、がんじがらめだったような気がする。歴史年表など繰ってみると、今の四十代、五十代の人々がもろにこの波をかぶっていることがわかるのだ。

小学校で担任の先生は共産主義についてこう教えた。「たとえば公衆便所に入るとき、荷物は外に出しておいたとする。終わって出てみれば自分の荷物を持ち去ろうとする者がいる。詰問すると、〈人のものは俺のものだ！〉とわめく。こういう泥棒みたいなのが共産主義者です」と言った。公衆便所とは臭い比喩を使ったものだが、訳のわからない子供たちはそんなものかと思ったのである。

　そして万世一系の天皇がどんなにすばらしく有難いものか、「支那」のように下賤から身を起こし皇帝となり、また倒されるそういう歴史は哀れなもので、今見るとおり「支那」などめちゃくちゃになってしまっているではないか、というのだった。そのめちゃくちゃの混乱のなかに何が胚胎し何が動き出していたか……それへの一片の想像力もなしに。

　『古事記』『日本書紀』を最初から読んでみたいと思ったのも、二著が小学生時代から仕込まれた日本歴史の源となっているらしいと感づき、一定の距離を置きつつ客観的に読了しておきたかったのである。とはいうものの岩波文庫は註釈も殆どなく、なかなかの難物だった。文科の学生でもなかったし、まったく無手勝流のいい加減な読みかたではあったが、下宿で空腹をこらえつつ孜《し》孜《し》として読んだ記念に、この文庫本はまだ手もとに置いてあり、ぼろぼろになったが愛着が深い。

　そんな或る日、垂仁紀のところで、なにやらピカリと光って、こちらに合図を送ってよこす箇所をみつけた。埴輪作製の縁起ともいうべきものが記されているくだりである。それまでは天皇が死ぬと古墳の廻りに近習者を生きながら埋めたてて人垣となした。日夜泣き叫び死に絶えると、犬や鳥が集まってきて貪りつくす。それを哀れに思った垂仁天皇が殉死の禁を出し、人馬の埴輪を作らせて、人垣の代わりとなした、という記述である。

闇市が栄え、誰が復員してきたとか、まだだとか、そういう話題で持ちきりの頃だったから、人垣、埴輪の文字から狩り出されていった兵士たち、全滅した軍隊、玉砕した島などが必然的に浮かびあがってくる。

敗戦だったから尚のこと、日本人は結局この戦争で天皇家という古墳を守るための人垣にされたのであり、アルカイック・スマイルの埴輪にされたのだという意識が強くきた（今はそう単純に割り切れているわけではないが）。

それから手あたり次第に古代史を読み漁っているうちに、やがて陸続という感じで、唯物史観による史書が出版されはじめる。先日、或る歴史学者の講演を聞いたら、当時のことを回想して、「血湧き肉躍るおもいでした」と語った。古代史は戦前もっとも抑圧された部門であり、それが一挙に開花してゆくさまは一読者としても興奮を禁じえなかった。

私は結婚してから詩を書きはじめたが、埴輪との出会いを大切なものに思い、なんとかこれを作品化したいという願いを持った。この学説あの学説の間を右往左往しながら、家事の合間にノートをとりメモを作り、約十年位かかって「埴輪」を書いた。

一九五八年にラジオドラマとしてＴＢＳから放送されている。作品は好意をもって受けとめられたが、私は不満足だった。自分の書いた台本自身に。天皇制との私なりの大格闘ではあったのだが。

それからまた二十年近い歳月が流れている。

その間に横井庄一氏、小野田寛郎氏の帰還があった。生きながら埋めたてられ、とうに朽ちはてたと思い込んでいた人垣のなかに、頑強に生き残っていた人が居たのだ。埴輪ではなく生きた人間の証拠に、日本人全体の肺腑を刳るような言葉を待ったのだったが、それは遂に聞かれなかった。

よってたかって人間の言語を、個人の言葉を発せしめないようにした気配もある。ブラジルに去った小野田寛郎氏は、日本を捨てることによって強烈な無言の抗議を示したと言えなくもない。

私はいまだに埴輪の素材を捨てきれず、遅々としてかかずらわっている。なんとか納得できる形での完成に持ってゆきたいとの願望を持ち続けている。古い友人はそれを知って、「へええ……まだやってンの？」と呆れ、やがてその顔には、まざまざと軽蔑の色としか言いようのないものが現われる。三十年はそんなに長いかしら？　最初いろいろと調べていた頃は天皇制は無きに等しい時代だった。消滅するかにみえ、そういうものを取りあげる意味はないような気さえするほどだった。しかし、三十年経た今そのことを取りあげる意味は増幅した。今昔の感に打たれないわけにはいかない。

かにかくに天皇制は難しい。自分の才能の乏しさは別にして、戦後書かれてきた、退位説も含めた多くの論文、作品も、天皇制の心臓部を摘出できたものは無かったような気がする。刺したようにみえて刺してはいないのであり、それというのも権力構造の天皇制のみを問題にして、それを支えてきた代々の民衆を捉えきれないからなのではないだろうか？　唯物史観で切って捨てて事足れりというほど簡単なものではなかったのだ。どんなに鋭い論考も作品も、力と波及力を持ち得ず、一般の人々との平行線を辿ってきて、気がつけば天皇は幾重もの防弾ガラスの中で手を振る存在になっていた。

はじめ炬燵の隅で小さくなっていた人が、お酒など入り談論風発ののちに、気がつけば炬燵占領せんばかりにのさばりかえって駄法螺ふき、アレヨと思うことがあるものだが、天皇の戦後のありさまは、こういう人に似ていた。戦後の社会現象のなかで、「ああ戦争に負けるとはこういうことなのか」と情なく感じさせられてきたことの第一は、道徳の荒廃であり、〈まぬがれて恥なし〉の大小の無責任ぶりであり、誰あろうその範を垂れたのは天皇自身である。

神格を否定し、みずから〈人間〉を宣言したのは一九四六年の一月一日だったが、人間宣言をした以上、感情、理性ともに人間であり、とりわけ人間の言葉を発してもらわなければ困るのだが、一九七五年の記者会見は怒り心頭に発するほど最低だった。最低すぎてからだが小きざみに震えてくるぐらいのブラックユーモア！

戦争責任に関する質問に、その人は答えた。「そういう言葉のあやについては私は文学方面の研究をしていないのでお答えできかねます」文学研究を果たさなければ言語を発せられないとしたら、人間はジョイスの研究でもし終えてから、おもむろにアババババとかウマウマなど言いはじめるべきなのか。

かつての戦争で私は近親の誰をも失わなかった。けれど、もし、仮に私が戦争未亡人で遺骨さえ手にしておらぬ身であったとしたら、この記者会見をテレビでみて、天皇に対してどんな激烈なことでもやってのけられそうな気がした。少女時代にはよくわからなかった戦争未亡人の思いというものが、ひしひしとわかる年代に私も達した。

しかし、ジャーナリズムの反応も、民衆の反応も、びっくりするぐらい生ぬるいもので、「大天狗め！」という頼朝級の、記憶に残る野次一つ飛ばないのだった。私は長く詩を書き続けてきたものだが、この天皇の言葉（それが側近の作成になるものであったとしても）を見逃すことができず、野暮は承知で「四海波静」という詩を書かずにはいられなかった。

実際、こうした反応に、日本人のおそるべき聡明さを見るか、おそるべき愚鈍さを見るか判定に苦しむところである。十代、二十代の若い人と話していて、たまたま天皇の話題が出たりすると、どう思うかを尋ねてみたりする。「関係ない」とか、「居ても居なくてもどうってことないですよ」とかが多い。熱っぽく支持する人にも、おそまきながらムッソリーニのごとく処刑すべし、という人にも会ったことがない。

それらは一様に、きわめて不徹底な冷淡さを現わしている。

二　奴隷根性

それに関連して思い出されることが一つある。

やはり敗戦直後のことだが、天皇の全国巡幸ということがあって、たまたま山形県の祖母の家に出かけていた私は、祖母のお伴で庄内平野のあぜ道に並んで、生まれて初めて天皇を間近に視た。

祖母は絶対の天皇崇拝者であり、天皇のことは小さい頃からさまざま語ってきかせられたし、祖母の家は大きな地主であったから、子供心にも、「天皇とは地主の親玉らしい」と直観されていたものである。後年、宮廷記者団の書いた『宮内庁』という本を読んだら、一九四七年迄は、天皇家は当時のお金で三十七億の財産家であり、世界の大財閥と比べてもひけをとらないランクだったとあったので、なるほどと思ったのである。

やはり地主の伯母の家には天皇一家の写真が私室に飾られ、照宮の愛らしさなどが憧憬をもって語られていた。

真夏の草いきれのなかを、帽子をあみだにかぶったMPがガムを嚙みながら、大股ひらいてスクーターを走らせ、その先導の後にジープに乗った天皇が、手の届きそうな近さをゆるゆると走り去った。天皇はジープの中で、このときばかりはきわめて人間ふうに熟睡していたのである。見ていた人はあぜ道にパラッとしか居なかったし、名は巡幸でもそれらしいものではなかった。

白馬にまたがった大元帥の姿しか知らず、何につけ威儀を正すことの好きだった祖母は、半ば口をあけ、しどけなく眠る姿に接して、狐が落ちたような顔にも見え、また事の成りゆきをごく自然に受け入れているようにも見えた。祖母の家も地主として敗戦後の大きな打撃を受けていた。

天皇に関しての感想は何一つ語らなかったが、その日の夕食時、いらいらして人に突っかかったりしたのは、やはり大きな幻滅があったからなのだろうか。口をついて出てくるのはMPの行儀の悪さばかりで、「やンだこと、やンだこと（厭だこと、厭だこと）」であった。

やがて鶴岡の殿様の家に宿泊した天皇の、夕食に関する記事が大きく出ている夕刊に目を奪われ、「あいや、こげなもの進ぜたかや（あら、こういうものを供したのですね）」と、そのことに女たちの話題は集中していった。昭和二十二年頃としては豪華なメニューだった。

殿様というのは庄内藩の酒井侯の子孫の家であって、幕末には庄内藩は官軍に楯ついた方の側である。城開け渡しや敗戦処理には西郷隆盛が来ている。この地方では今でも西郷隆盛を敬愛する人士多く、それはマッカーサーの温情主義を徳としてなびいた戦後の日本人とそっくりなのだった。

ともかく明治維新にはこっぴどい目に会わされて、たつきに困った武士たちが買ってくれ買ってくれと持ち込んだ刀剣類が祖母の家の倉にはぎっしりつまっていた。かつての賊軍の殿様宅が、今度は敗軍の敵将「天皇」を豪華にもてなしている図に運命の皮肉を感じないわけにはいかなかったが、そういう感慨はちらりとも出ず、食膳のことに熱中していた。この時のことは、「女のリアリズム」とも言うべきものとして私の印象に深くとどまっている。

祖母の天皇崇拝も骨がらみのものでは決してなく、観念であり、たてまえにしかすぎなかった。現人神の時代だって、日夜天皇を念頭に置いている人なんか居なかった筈だ。現在とまったく同じく。キリストとか親鸞ほどにも心を通わせる実体がないのである。

そして祖母の崇拝の対象は天皇でなくても徳川幕府でも平安貴族でもなんであれお上であればよかったのではないか。われら下賤の身、上には畏きお方の在しますという図式さえ整っていれば。祖母一人のことではなく、日本人の心情には代々こういう形を採らないではいられない、いたって脆弱な遺伝的体質があるような気がする。

『魏志倭人伝』の中に、下戸、「大人と道路に相逢えば、逡巡して草に入り、うずくまり、跪《ひざまず》き」という箇所があり、つまり身分卑しい者が身分高き者に相逢えば、こういうマナーを採るということを記してあるわけだが、〈大人〉とは一豪族の長にすぎなかったろうし、三世紀の日本人の中に既にこういう遺伝的体質の萌芽あり、ということなのだ。

倭人伝以外にも○○伝は多いのだし、他の小国家群を書いたところにも、これと似た記載があるのだろうか？　短い倭人伝の中に、とりたててこれを嵌めこんだのは、やはり一つの特質と編者が強く感じたためだろうと思い、ここを読む度に呆然となる。こんなに大昔からなのか。

金子光晴の詩集『人間の悲劇』のなかに「答辞に代えて奴隷根性の唄」というのがある。

奴隷といふものには、
ちよいと気のしれない心理がある。
じぶんはたえず空腹でゐて
主人の豪華な献立のじまんをする。
奴隷たちの子孫は代々

背骨がまがつてうまれてくる。
やつらはいふ。
『四足で生れてもしかたがなかつた』と

といふのもやつらの祖先と神さまとの
約束ごとと信じこんでるからだ。
主人は、神様の後裔で
奴隷は、狩犬の子や孫なのだ。

だから鎖でつながれても
靴で蹴られても当然なのだ。
口笛をきけば、ころころし
鞭の風には、目をつむつて待つ。

どんな性悪でも、飲んべでも
蔭口たたくわるものでも
はらの底では、主人がこはい。

土下座した根性は立ちあがれぬ。
くさつた根につく
白い蛆。
倒れるばかりの
大木のしたで。

いまや森のなかを雷鳴が走り
いなづまが沼地をあかるくするとき
『鎖を切るんだ。
自由になるんだ』と叫んでも、
やつらは、浮かない顔でためらつて
『御主人のそばをはなれて
あすからどうして生きてゆくべ。
第一、申訳のねえこんだ』といふ。

この詩は強烈に私の心に突きささる。祖母の血をひく者として、日常の暮らしのなかで、天皇制に対してばかりではなく、形を代えての奴隷根性は何かの折にひょいと出てしまうのでは？という怖れ。

民衆が——民衆のなかのゲスな精神が作り出し存続させてゆくものとしての天皇制に、こんなにかっきり形を与えたものを他に知らないのである。

若者がまったく我関知せずという言辞を弄する時、それほど簡単なことだろうか？と思ってしまうのだ。しらけだけで冷やして見事終わらせられる？

在日韓国人の一人が、雑談の折に不意に言った。「天皇制をそのままにしておいて、ロッキード追及もないものですよ」これは正論中の正論としてこちらの耳朶を打ち、重く沈んだ。彼もまた天皇制そのものよりも、日本人の下男根性のほうを突いたのだった。

ヨーロッパ人が日本をどう見るかについては汲々とした関心を示すのに、東洋人——特に日本からかつてひどい目にあわされた中国、朝鮮、東南アジアの人々——が現代の日本をどう視ているかについては、歯牙にもかけていないようなのは、本当におそろしいことだ。

三　今

古代史に関心を持ち続けているのは前にも書いたが、子供の頃から仕込まれた天皇中心の日本歴史を調整し、新たに組みたてなければならないという思いは、敗戦と同時に私に来たものであり、みずからに課した課題でもあった。課題というよりも知的《しるてき》興味のほうがまさっていたのかもしれない。でなければ今まで続きはしなかっただろう。

天皇制を云々できるためには二、三世紀から二十世紀に至る消長をきちんと捉えておきたいということでもあったのだが、まだ南北朝のあたりで、ふらふらと足ぶみ状態である。早く近代近くまでこないことには、こちらの寿命が時間切れになってしまうのだが、ともすると一番面白い古代史の方に傾いて、そのあたりばかり歩きわまることになってしまう。

昨年二度、「古代史跡めぐりの旅」に参加する機会に恵まれた。一つは朝日新聞主催の「葛城山を中心とした近畿の旅」であり、もう一つは朝鮮文化社主催の「天日槍《あめのひぼこ》の歩いた道」である。特に後者は但馬路の旅で、豊岡、出石、城崎とめぐるのに二百名が参加した。『思想の科学』とも縁の深い金達寿氏をはじめとし、上田正昭、直木孝次郎、森浩一の諸先生がたによるシンポジウムも、真摯できわめて面白かった。

いずれの旅も男女半々だったが、男女ともに四十代、五十代、が圧倒的に多かった。何を語りあわなくとも、そこに同類を感じないではいられなかった。たいていは一人で参加していて宿の相部屋で挨拶を交わし、一泊か二泊を共にする。昨日まで全く未知の人たちだったのが、少し話し出しただけでアッという間に打ちとける。読んでおかねばと思った本はたいていの人が読んでおり、その読後感などからはじまって、今日のシンポジウムに関する疑義など、夜の更けるまでかなり高級な小討論会のおもむきを呈するのだった。

これは大きな愕きだった。私生活のことは語らないかぎり問うこともなく話題はもっぱら歴史が中心になり、女どうし集まったときのくだらないお喋りには流れてゆかないのだった。行を共にするうち自然にわかった範囲で、この二つの旅で出会った女性たちのことを記せば、

女教師二人（中学校）（主婦も兼業）　三十代　四十代
主婦　四人　四十代　五十代
姑　三人　五十代　六十代
不明女一人　二十代

であり、なかでも忘れ難い印象を残してくれたのは、茨城県から来た菓子商のおかみさんだった。五十代で孫もあり、どこにでもいるおばさんふうでありながら、頭の切れることは無類。切れるといってもぎらぎらしたものではなく、ふうわりした人柄に包み

こんだ歴史観の冴えは言葉のはしばしに現われて、瞠目させられた。

また、或る晩、「あれを読みこれを読むと、どの先生の学説にも、もっともなところがあって、暗示にかかり、あちらこちらにひきずられてしまう」と私が言ったとき、やはり五十代の東京から来た電気商の奥さんは言った。「でも私たちぐらいの年になれば、何が本物か何が偽物か、自然にわかってくるじゃありませんか」

私は、「ええ、まあね」とは言ったものの、心中（マイリマシタ！）であった。歴史学者の本物、偽物の区別が私にはさほど明白ではないのである。

九州からはるばる参加した四十代の主婦は、韓国歴史の旅で山城を見てきて、すぐそのあとで自宅の近くの山にも、そっくりの山城があることに気づいたと、実証的に語ってくれた。

銅鐸に夢中の主婦も居て、これらの中から研究論文を書く人が現われても少しもおかしくはないのだが、彼女たちの知的興味はもっと純粋というか、何かの為のものではないらしかった。それに昨日今日の浅い関心ではなく、それぞれが一人一人みずからの足で歩いてきて、わりあい似た道に出て、ぱったり出会ったという感じがあったのである。

あからさまな天皇制論議は一度も出なかったが、その口から零れでた言葉をつなぎ合せれば、自分たちの教わったひどく偏った天皇主義の歴史を、調整し、生涯かかってもいいから日本人の歴史を、人間の歴史として把握し直したいということでは一致しているように見えた。歴史を学ぶことによって天皇制に関してもきちんと見据えている眼があり、二月十一日の紀元節は国家創立の日と信じて疑わない会社の重役を知っているが彼の固着に比べたら、彼女たちのほうがどれほど柔軟で進んでいることだろう。

それは何か信頼するに足る手ごたえであった。

こういう旅に行ってきたと言えば世間の人は、「まあ、優雅なお暮らしね」とか、「閑とお金のある人が多いんだなァ」とか、「いいお道楽ですこと」などと言うだろう。しかし何を言われたって、そんなものを跳ね返すだけの強さや、みずからの欲求に従う落ちつきを身につけている人たちであった。参加するについては一人一人どれだけの犠牲を払って出てきたか知るよしもない。

名刺の交換もなく名前のおぼろになった人もあるが、「また、どこかでお目にかかれたら、うれしいわね」と、さばさば別れた彼女たちが、それぞれの家庭や職場に戻った日々のことをふと想像してみることがある。子や孫たちは、母や祖母の話やケンキュウには聴く耳もたず、馬耳東風かもしれない。しかし、と思う。

自分の子供の頃を思い返せば、一家のうちの誰かが夢中になっている対象に関しては、意外と深いところで影響を受けているものであると。

甘いと言われればそれまでだが、こういう女性たちが地道に根を張ってゆくかぎり、神話とも民話とも民謡ともつかないものが、日本人の発生説や歴史として、同じ形で復活することは出来ないだろう。

茨城県の菓子商のおかみさんがくれた飴玉をしゃぶりながら、古代、新羅からの渡来集団であった天日槍一派の終局の集結地となった豊岡、出石、楽々浦《ささうら》そしてたっぷりした水量で日本海へと抜ける円山川のほとりを共に歩きながら、私もまた、彼女たちに連なる一点でありたいと思ったのである。

ハングルへの旅 より

扶余の雀

扶余《プヨ》は百済《ペクチェ》の古都である。

古都ではあるが何もない。

その殆んど何も残ってはいないところがいい。

山河が在るばかり、という点では飛鳥に似ていた。

定林寺跡と言われるところがある。

そこには百済《ペクチェ》時代の石仏と石塔が僅かに残されている。

石仏は頭部が欠けていたという。

唐・新羅《シルラ》軍によって百済《ペクチェ》が滅亡させられた時のことか、もっと後のことだろうか、長く首なしの石仏であったそうだが、これではあまりにお気の毒と、後世の人がまったく別の頭を持ってきて据え、その上に石板を載せ、更にその上にポンと一つ丸石を置いた。するとと帽子をかぶったあみだ様ふうになった。これはこれで、結構さまになるではないか、と代々そのままにされてきたという。

風雪にさらされ、あたりの風景ともなじみ、今では最初から帽子をかぶっていたかに見えるほどしっくり調和している。

こういう大らかさ、大雑把さは、この民族に独特のもので、こういう気風が私は大好きなのだが、はからずも定林寺跡の石仏は、それを象徴するかのようにほほえんでいる。

アルカイック・スマイル。

日本の中宮寺や広隆寺でもなじみぶかい、なつかしい在るともなしの古拙の微笑である。

九月だった。

しみじみ見惚れていると、俄かにかしましい雀たちの声。

振りむけば石仏に面した一角の大樹をゆるがせて、

「これはまァ、なんとした」

と言いたいほどの雀の大群。

青々とした大樹をめぐり、螺旋状に渦まくように舞いあがり、算を乱してはしゃぎ、梢に突入し、とどめようもないやんちゃっ子たちのように溌剌と騒ぎまくっている。

もう黄昏になっていた。

この木がねぐらなのかもしれない。

「扶余《プヨ》では、雀まで違うのねぇ……」

私は感に堪えてつぶやき、同行の友人は、

「それは思い入れがすぎるというもの」

と笑った。

なぜか私は扶余《プヨ》にぞっこんなのである。

精気に溢れた雀たち。

もともと雀とはこういうものだった。

東京は北多摩郡、保谷の里の、我が軒ばにあらわれる雀たちのおどおどぶりが哀れになった。

雀は참 새《チャムセ》だが、意味は「ほんとうの鳥」である。「まことの鳥」とはおもしろい。これではほかの鳥はまがいもののごとくである。

雀は人間の住むところ、その近くでないと生きられないというが、農耕文化が始まって以来、もっとも身近な鳥として、どこの国でもありふれた空気のような鳥だったのだろう。

夕ごはん前のひとしきり、子供たちが遊びに惚《ほう》けて無我夢中、昂奮のあまり叫びかわしているような雀たちと別れてその場を離れた。

帽子をかぶった石仏のほほえみに見守られながら、彼らはあの木で安らかに眠るのだろうか。

たそがれどき、
今でもよく扶余《プヨ》の雀を思い出す。

私もまた一羽の雀のように、定林寺跡の大木に帰ってゆきたいような。

動機

「韓国語を習っています」

と、ひとたび口にすると、ひとびとの間にたちどころに現れる反応は、判で押したように決まっている。

「また、どうしたわけで？」

「動機は何ですか？」

同じことをいやというほど経験し、そしてまた私自身、一緒に勉強している友人に何度同じ問いを発したことか。

隣の国の言葉を習っているだけというのに、われひとともに現れるこの質問のなんという不思議。

「英語を習っています」

「フランス語をやっています」

と言われれば、

「いま、運転を習っています」

と聞いた時のようにその実用性を、しごく当たりまえのこととして受け入れる。

「して、動機は？」

「なにゆえに？」

とは絶対に尋ねない。

韓国語ばかりではなく、インドネシア語、タガログ語、タイ語などをやっている人たちも、ほぼ同じであるだろう。

明治以降、東洋は切りすてるのが国の方針であったわけだが、以後百年も経過して、尚ひとびとが唯々諾々とそれに従って、何の疑いも持たないというのは、思えば肌寒い話である。

いつも思うのだが、外交官や商社マンの奥さんが、夫と共に外地に赴任した時、なぜその土地の言葉を覚えようとしないのだろう？

それがヨーロッパの場合は、必死にやるだろうけれど、東南アジアなどの場合、日本人の奥さんどうしの社交は華々しいらしいが、インドネシア語を覚えようとはしないらしいし、その土地の人々との交流もないらしい。
まだ日本語の辞書さえない言語も多いのだから「このチャンスを生かして、私が作っ
てみようかしら」ぐらいの意気ごみでやったら、中年になって「私の生甲斐は？」と、
よよと崩れることもなかろうに……などと。
私の知っている或る大学の先生が、学生たちに「第二外国語はなんでもいいから東洋
語の一つを選べ」と教えているそうだが、そのことの意味をわかってくれているのやら、
いないのやら、その無反応ぶりを歎かれたことがある。
語学一つをとっても、民衆が、国の方針を乗り越えるということなく来てしまった安
易さが、つまりは怪訝な質問となって現れるのだろう。

さて、

＊

「動機は？」と問われると、私は困ってしまう。うまく説明できなくて。
動機は錯綜し、何種類もからまりあっていて、たった一つで簡潔に答えられないから
である。その時々でまったく違った答えかたをしている自分を発見する。
「若い時からやりたかったんです。いつ頃から？　そうですね、敗戦直後くらいから。

でも時間もとれず、どこへ行ったら習えるのかもわからず、とうとう五十歳になってしまって、おそるべき晩学です」

先日、知人と話していて、私が、金素雲《キムソウン》氏の『朝鮮民謡選』（岩波文庫）を、少女時代に愛読していたことに話が及び、

「じゃ、ずっと昔からじゃないですか」

と言われ、そう言われれば関心の芽は十五歳くらいからか……と改めて振りかえる思いだった。

麻の上衣《チョゴリ》の
中襟《なかえり》あたり
硯滴《みずさし》のよな
あの乳房、
莨種《たばこだね》ほど
ちらりと見やれ
たんと見たらば
身が持たぬ

＊
なんとしましょぞ
梨むいて出せば
梨は取らいで
手をにぎる

＊
姑　死ぬよに
願かけしたに
里のおふくろ
死んだそな

いま読んでも、うっとりさせられるが、少女時代にもそれなりに隣国の民謡の神髄に触れ得ていたと思う。くりかえし読んだのは、言葉のわかりやすさ、素朴さ、愛情表現の機智に惹かれたのかもしれない。

一九三三（昭和八）年刊のこの本は、当時から名訳のほまれ高いものだったが、改めて読み直してみて、婦女謡――女たちの嫁ぐらしの辛さをうたったものに面白いものが多いのを新たに発見したし、また金素雲《キムソウン》氏の秘められた抵抗精神を受けとらざるを得なかった。

ほぼ四十年を経て、彼の蒔いた種子が、ひょっこり私の中で芽を出したと言えなくもない。最初に買った辞書が金素雲編の『韓日辞典』であったことにも深いえにしを感じる。

＊

私が五十歳で夫と死別したことを知っている人には、

「語学をしゃにむにやることで、哀しみのどん底から立ち直ろうとし、おかげで何とか立ち直れました。単語一つ覚えるにも、前へ前へと進まなくては出来ないことでしたし。語学を選ぶとき、ドイツ語にしようか、ハングルにしようか迷いましたが、今では隣の国の言葉を選んでよかったと思っています」

などと答えたりしているが、この答にも嘘はない。

＊

「古代史を読むのが好きですから、朝鮮語ができたら、どんなにいいかと思って」

このルートから入る人も多くて「古代史派」という一派を形成できるくらいだろう。私もその一派と言えなくもない。

　戦後、もっともめざましかったものの一つに、古代史研究の開放があった。偏頗な歴史しか教えられなかった戦中派の身には、目から鱗の落ちる思いでそれらを貪り読んだ時期があり、今もその延長線上にある。もう少しうまくなったら、金思燁《キムサヨプ》氏の『古代朝鮮語と日本語』というおもしろい本を手引きに、もう一度『古事記』を読み直してみたい。なにしろ漢字の読みが日本式と朝鮮式ではまるで違うので、そういう視点から光を当てると、新たな発見が沢山ありそうなのだ。

＊

「第一、詩の翻訳にしても、英語、フランス語、ロシア語、なんかの達人はいっぱいいて名訳で読めるのに、隣国の詩を訳せる詩人が一人もいないっていうのは驚くべきことです。やりはじめてみて一層その驚きが深くなりました」

　金芝河《キムジハ》が獄中に在った頃、安宇植《アンウシク》氏に会ったことがある。その折、安宇植氏が、

「日本の詩人がやるべきことは、救出活動よりも先に、まず彼の詩を読むこと、いいにしろ悪いにしろ、きちんとその詩を批評することではないですか？」

　この言葉は正鵠を射、こちらの心にまっすぐに届いた。読むこと、原詩で読むこと。

そんなことが自分に出来ようとは思われなかったが、あれから十年を経て、金芝河の原詩をたどたどしく読んでいる自分を発見する。

詩の訳は何語であっても難かしい。

韓国の詩人たちの作品を少しずつ訳してみたりするのだが、誰彼のヨーロッパ語圏の翻訳を思い出し、皆恐れげもなくやっているなァと感心する。

原詩を読みとることと、日本語に移しかえること、これも目標の一つだが、どこまで行けることやら、ともかく行けるところまで。

＊

これももう十年以上も前になるだろうか。韓国の女流詩人、洪允淑《ホンユンスク》さんが来日され、会いたいとの連絡を下さったので、銀座でお目にかかったことがある。私とほぼ同世代の方で、日本語がうまく、私の詩もよく読んでいて下さるのに、こちらからは洪《ホン》さんの詩が皆目わからないのだった。

「日本語がお上手ですね」

その流暢さに思わず感嘆の声をあげると、

「学生時代はずっと日本語教育されましたもの」

ハッとしたが遅く、自分の迂闊さに恥じ入った。日本が朝鮮を植民地化した三十六年間、言葉を抹殺し、日本語教育を強いたことは、頭ではよくわかっていたつもりだったが、今、目の前にいる楚々として美しい韓国の女《ひと》と直接結びつかなかったのは、その痛みまで含めて理解できていなかったという証拠だった。

洪さんもまた一九四五年以降、改めてじぶんたちの母国語を学び直した世代である。その時つくづくと今度はこちらが冷汗、脂汗たらたら流しつつ一心不乱にハングルを学ばなければならない番だと痛感した。

いつか必ず。これも動機の一つである。

洪さんとはその後、文通が続いているが、私の工夫《コオンブ》（勉強）を喜んで下さって、こちらのつたないハングル文に対して、時にハングルで、時にきれいな日本文で手紙を下さったりする。

＊

いつの頃からか、たぶん三十歳を過ぎた頃からだったと思うが、「いいな」と惚れこむ仏像は、すべて朝鮮系であることに気づいたのである。

百済《くだら》観音、夢殿の救世《ぐぜ》観音、広隆寺の弥勒《みろく》菩薩などなど。

また同じく心うばわれる陶器は、白磁、粉引《こひき》、刷毛目《はけめ》、三島手《みしまで》、すべてこれ朝鮮系であった。蒐集癖はないから手もとに何一つ逸品はないけれど、折り折りに視たそれらは、眼底に焼きついている。

もう一つ愛してやまないものに、放浪の旅絵師たちが描いた李朝民画があるが、これら美術への傾倒が、すなわち隣国への敬愛に結びついているのも否定しがたい。

柳宗悦の論考にみちびかれて、というのではなく、おぼろげに手さぐりに自分の好みを確認しつつ、その途中で柳宗悦の『朝鮮の芸術』に出逢ったのだと言える。柳宗悦は書いている。

「その美術を愛しながら、同時にそれらの人々が、作者たる民族に対して冷淡なのに驚かされる」と。

著作のなかで繰りかえし語られる、この鋭い批評は、現在も尚生き続け命を失ってはいないのだ。そのことに逆に深い悲しみをおぼえる。

秀吉の頃より、一城を傾けても悔いないほどに一箇の茶碗に執着し、しかもその抹茶碗はたいてい朝鮮の雑器であったのであり、その眼力、美意識は相当なものだと思うが、それを創り出す民族には一顧だに与えず、朝鮮半島を思うさま蹂躙している。そして陶工だけを引っこぬいて来たのだ。

柳宗悦の憤りや批判は、遠く一五九二年頃にすでに端を発している事柄である。

美術と言葉とは直接の関係はないけれども、朝鮮美術（過去、現在を含めて）を熱愛する者としては、言葉を学ぼうとすることは、この〈冷淡さ〉の克服につながろうとする、一つの道ではあるかもしれない、と思っている。

＊

はなしは飛躍するが、私の母かたの祖母（東北人）はいたって陶器の好きな人で、少しでもお金に余裕があれば骨董屋で古い陶器を買うのを唯一の楽しみとしていた。孫の私から見ての話だが、なかなかいい趣味の人だった。とうに亡くなったけれど、つい最近、年上の従姉妹《いとこ》に聞いた話では、生前、「朝鮮に行きたい、朝鮮に行きたい」とよく言っていたそうで、いつもお伴を仰せつかる伯母は「それだけは勘弁してほしい、虎がこわいから」と大真面目で答えていたそうである。初耳だったが、その話を聞いたときアッ！　と思った。

陶器への憧憬からだったろうが、もしかしたら祖母自身、その血の中にかなり色濃く渡来系を秘めていたのではなかろうか？

出雲へも行きたがり、そちらの願いは果たしたのだが、遠い昔、出雲経由で渡来し、日本海沿いに北上、山形県の庄内地方に定着した集団の末裔では……。

もっともいつの時代に？　と推理を働かせるヒントを残してもいず、また日本人は元を糾《ただ》せばおおかたはどこかからの渡来系であろうから、どうということもないわけだが、もやもやしたものの中にこそ深い真実が隠されていることもあり、隣国に惹きつけられてやまないのも、もしかしたら母かたの血のせいで、何か見えない糸にたぐりよせられているのでは？ という憶《おも》いも捨てかねている。

＊

こんなふうに私の動機はいりくんでいて、問われても、うまくは答えられないから、全部をひっくるめて最近は、
「隣の国のことばですもの」
と言うことにしている。この無難な答でさえ、わかったような、わからぬような顔をされてしまう。

隣の国のことば――それはもちろん、南も北も含めてのハングルである。

師

最初ハングルを、どこで、どなたに、習おうかと思った時、なるべく政治色のないところで、まず純粋に言語として学びたい考えが、私にはあった。

朝日カルチャーセンターが一九七四（昭和四十九）年新宿の住友ビルで発足した時、当初から語学講座のなかに「朝鮮語」の項目があり、それは当時画期的なことで、新聞

広告を見て、ここで習いたいと思ったのだが、その時はすぐには行けず、ちょうど四期生ぐらいの時ではなかったかと思う。

一九七六（昭和五十一）年四月、小学校の新入生みたいに、ひどく緊張して、三角形の超高層ビル、四十八階の教室まで、エレベーターで吊りあげられていった。

夜七時から九時までの夜学だった。夜学という言葉になぜかあこがれを持っていて、働きながら学ぶ人たち、がたぴしの木造の椅子、冬さむく夏あつい古ぼけた教室、漠然とそういうものを思い描いていたのだが、四十八階の教室はまあたらしく、煌々の蛍光灯、冷暖房完備、スチール製の椅子、椅子には折りたたみ式の小さな机がついている。大きな窓からはネオン輝く新宿の夜景が、眼下に見おろせて、とても夜学というイメージではなかった。

朝鮮語の初級クラスは、若者、中年、老年とばらばらで、女のひともちらほらの四十人ぐらいが、「どんな先生なのかしら？」と待つうち、颯爽とあらわれたのが、金裕鴻《キムユーホン》先生だった。

若々しく三十代くらいに見えたが、後でおもうと、すでにあの時、四十代でいらしたか、と思う。

事務局の人の紹介で、ＮＨＫ国際局勤務のアナウンサーで、海外向け韓国語の放送を受けもたれ、また早稲田大学語学教育研究所、アジア・アフリカ語学院でも教えていらっしゃる、在日韓国人とわかった。

これが金裕鴻《キムユーホン》先生との初対面であった。

最初はハングルをやる心得のようなことを話され、諺《ことわざ》の「시작이《シージャギ》 반이다《パニダ》（はじまりが半分だ）」を引いて、

「やろうと思った時、すでに事の半分かたは達成したようなものだ、ということわざですが、ここに集まった皆さんも、あるいはすでにそうかもしれません」

その諺のおおらかさと、先生のお話ぶりに魅せられて、にわかに緊張がほぐれてゆくようだった。

最初休むとついて行けなくなるから、なるべく休まないように、とも言われ、この時の教えを守って、以後半年間、私は一度も休まなかった。子供のころから怠けもので、風邪をひいたと言っては休み、頭が痛いと言っては休み、かなりずるけた覚えがあり、皆勤賞とはまるっきり無縁できたのだが、五十歳で一年生となって、この半年間は皆勤、なぜ今ごろになって勤勉になったのか、我ながら이상하다《イサンハダ》（いぶかしや）。

この次までに、母音の아야어여오요우유으이《アヤオヨオヨウユウィ》を覚えてくるように言われ、必死で覚えた頃が思い出される。今思えば簡単なことだが、まったく白紙の状態で、ハングルのアカサタナである、가나다라마바사아자차카타파하《カナダラマバサアヂャチャカタパハ》から覚えこんでゆくには、相当の努力を要した。

先生に指されて答える時、合っていれば、

「좋습니다《チョースムニダ》（いいです）」

と大声でうれしそうに言われ、間違っていれば、

「아닙니다《アニムニダ》（違います）」

と残念そうに首をふられる。

「좋습니다《チョースムニダ》！」

と言われたくて、ぐゎんばったようなものである。

アナウンサーを仕事とされている方だけに声質がすばらしく、日本語もきれいだった。性格は江戸っ子ふうで、闊達無類、話題にはまるで用心というものがなく、皐月《さつき》の鯉の吹き流しのように気持がよい。

熱のこもった二時間は「燃える授業」というものが、現実に確かにこの世に、在ることを教えてもくれた。なにしろ全身全開なのである。講義をただ受身で聴くというのではなく、指される緊張と、ユーモラスな教授法と、緩急自在で、アッというまに時間が過ぎる。

夜の九時に終ると、全身——特に頭脳に、さんさんシャワーを浴びたようになり、少々気分の悪い日でも帰りには爽快となり、軽やかに新宿駅まで歩くことができた。いつのまにか自分の席も自然に決まり、いつも隣席に坐る多久さんという女性と親し

くなり、いっしょに帰路につき、新宿駅の地下でコーヒーをのんで一息つくというのが習慣になった。

数詞の授業の時、はしから一《イル》、二《イー》、三《サム》、四《サー》と一人ずつリレー式に数を言わされ、十六をなぜシムニュクと言わねばならないか、考えるゆとりもあらばこそ、むずかしい発音の番に当たらなければよいが、と思っていると、多久さんは頭のいい人で、パッパと人数を数え、何番目にくるから自分は二十五《イーシボー》と事前にキャッチできた人で、私がもたついていると、芝居のプロンプターよろしく、小声で教えてくれ、何度か危機を脱した。

金《キム》先生はパントマイムの名手でもあり、まったく日本語を使わずに、小話をハングルとパントマイムだけで、大すじを捉えられるように演じたり、また、韓国のおばあさんが客を迎える時、

「어서《オソ》 오세요《オセヨ》（いらっしゃいませ）」

と言いながら、独特の腰の振りかたをして相手をかき抱く物真似は、さもありなむとその姿を髣髴《ほうふつ》とさせ、しばらく笑いがとまらなかった。それと一緒に言葉がしっかりとこちらに入り込んでくる。

또《ツトオ》（また）という副詞を習ったときも、韓国での中学生時代の思い出ばなしをされ、教室で悪童どもが大騒ぎをしているところへ入っていらした老先生が、

「또《ツトオ》！ 또《ツトオ》！ 또《ツトオ》！ 또《ツトオ》！（また　また　また　また〈おまえたちは〉）」

と叱る物真似をされ、その甲高く粘りつくような濃音《のうおん》という発音方法が、まるで農家の庭さきで、とう　とう　とう　と鶏を追いこむときの掛声とそっくりで、これまた一発で覚えられた。カタカナで表記しようとするとむずかしく、あえてやろうとすれば促音のツが語頭にくるとでもいうしかない。

わらべ唄や民謡を、教室がゆらぐほどの大声で皆で歌う日もあった。

言葉を教えるについての、未知の言語に分け入ろうとする人々に対しての、実にさまざまな工夫が凝らされているのだった。

教師を仕事とする人も、一人の生徒として何人か受講していたが、習う側に立って、金《キム》先生の教えかたから改めていろんなことを考えさせられていたらしい。誰に対しても公平で、出来なくても馬鹿にしたり軽蔑したりは一切なく、むしろユーモアで救って下さった。こんなに陽性で能動的な授業についてゆけないとしたら、ついてゆけないほうがおかしい、どうかしているといつも感じさせられてきた。ただ、昼間働いてそれぞれの職場から夕食もとるかとらないかで駆けつけてくる人が多かったから、どうしても脱けられない仕事で欠席、それが三回くらい続くと落ちこぼれてしまうということはあった。

けれど先生も人の子、体調悪かったり、気分ののらない日もあるだろうに、いつもいつもまったくの完全燃焼、それがふしぎでならなかった。だいぶ経って親しく話をする

ようになってから、

「先生の授業の、あの情熱の源は何でしょうか？」

と愚問を発したことがある。そのお答えがふるっていた。韓日親善のために、とか、民間大使として、とか、そういう陳腐なものではなかった。

「僕よりも、はるかに教養のある、年齢も高い人々も沢山来ているし、そういう人たちが僕の시작《シージャク》！（はじめ！）の声で、雀の学校の生徒みたいにパクパク口をあけてついてきてくれるのがうれしいんですよ。それにハングルを教えるということを除いたら僕にはあと、ほんと何も残りませんからね。四十人ぐらいの人が僕一人を待って、この教室に集まっていてくれるということが、僕を元気づけるし、何が何でも来なくちゃとなるんです」

という、きわめて人間的な納得のゆく答だった。しかしこの答には先生の含羞もあって、ちょっとポイントをはずされたという気もした。ほんとうは教えることに純粋な喜びを感じ、生徒の中にある可能性の芽を明るい方へ明るい方へひっぱり出そうとする力、その芽がわずかにふくらむことを、また無上の喜びとする、教師としての抜群の資格を持っていらっしゃるように見えるのだ。私の質問はすでに答を含んでいたのかもしれない。

かねがね感じてきたことだが、良い先生には二つのタイプがある。

一つは金《キム》先生のように、教えることが純粋な喜びであり、生徒の可能性をひっぱり出し輝かせることを無上の喜びと感じるタイプ。もう一つは、教えかたは下手でなってないが、自分自身なんらかの研究テーマを持ち、その真摯さや生きかたの部厚さが、言わず語らず生徒の畏敬を集めるというタイプ。この二つを対極として、中間につまらない教師がいっぱいいるということだろう。

教師になる基準が、成績の良さだけで計られるやりきれなさ。人間も成績もでこぼこだが、すばらしい教師になれる人材が、掬《すく》いあげられていない現状。教育の世界がなぜかさむざむと感じられるのは、教師の魅力、教師の情熱の不足もかなり大きいような気がする。

授業中、たえずそんな思いがちらちらした。

「勉強するについて、僕を十分に利用して下さい。利用するのはあなたがたです」

これもふつうではなかなか言えない台詞《せりふ》である。

分きざみのお忙しさで、帰宅は深夜が多かったらしいが、山手線の某駅から自宅までは自転車で、途中大きな橋があり、月の冴えている夜などは、橋の中ほどでふと自転車をとめ、夜空を見上げながら、

「ああ、一体、自分は何をしているのだろう」

と、なんとも言えない空しさがひろがるとも話された。

燃焼と空しさとは、たぶん背中合わせであるだろう。この話もなんだか心に沁みた。手とり足とり言葉の手ほどきをして下さるほかに、ハングルの歴史、風俗習慣、物の感じかた、考えかたの違いなど、金《キム》先生の話を通して知ったことが多く、一枚一枚、目の鱗が落ちてゆくようだった。今まで如何に観念的にしか理解していなかったか。

半年間はまたたく間に過ぎて、辞書をひきひき新聞を読める程度が一応の目標の、初級クラスが終っても、まだまだ五里霧中のありさまだった。

当時、朝日カルチャーセンターには、中級・上級クラスはまだ無くて、あと行きどころがなくなった。ただ、金先生を講師として招いている大小さまざまの自主講座があり、そういうところを紹介して頂いて、以後、転々として十年の歳月が流れた。

現在は友人数人と翻訳会を作り、主に小説を訳しつつあるが、これも先生の指導を受けている。

「へえぇ、まだやってるの?」

ほかのひとに呆れられるほど続いたのも、金先生との出逢いがあったからで、そうでなかったら脆くも挫折となっていただろう。語学コンプレックスは深く根を張っていたし、勤勉なたちでもない。

皆無とおもっていた語学能力が、耕されかた、耕しかた次第では活性化して動き出すということを知った。この年になって脳のなかで眠っていた我が休耕田に気づかされたのである。

今までの人生をふりかえってみて、この十年間ほど一心不乱に勉強した歳月はなかった。自分のことを掛値なしに怠けものと規定しているのだが、特に若い時はでれでれして、ほかごとばかり考えて、まともに勉強したことがなかった。

小学校以来、たくさんの先生にいろんなことを教えて頂いてきたわけだが、それは知識の授受でしかなく、すべて一過性で、こちらの心に大きな影響を与える先生には出会えなかった。

さみしいことである。

そしてどうも、これは私一人の経験ではなさそうである。

気持のなかで、ひそかに師と目した人は、すべて学校教育とは無縁の、別の場所に存在していた。

朝日カルチャーセンターは生涯教育ということを掲げているし、特殊ではあるが教育機関ではあるだろう。そういう場所で、先生というよりは師と呼びたい方に出会えたのは、初めての経験である。

それが日本人ではなく、金裕鴻《キムユーホン》先生という韓国の方であったことに、すくなからぬ驚きを覚えるし、日本の学校教育との対比の上で痛烈な皮肉を感じないではいられない。

晩学の泥棒

韓国の諺に、

「晩学の泥棒　夜の明けゆくを知らず」

というのがある。

年をとってからやりはじめたものは、何事によらずのめりこみやすいという意味らしい。

「四十すぎての浮気はとまらない」

という日本の言いかたと対応するかと思うが、浮気のたとえより、晩学の泥棒が熱中のあまり、いつまでも錠前をがちゃがちゃやっていたり、倉の中でごそついていたりして、夜の白むあかつきどき誰かに発見されたりする滑稽味のほうがはるかにおもしろい。「としよりの冷水」というからかいもたぶんに含まれているようだ。この諺は思い出すたびにおかしくて、また現在の自分の姿に重ね合せてしまったりもする。

なぜなら、私は五十歳を過ぎてから、隣の国のハングルを学びはじめ、いつのまにか十年の歳月が流れてしまった。まさに晩学の泥棒である。

おもしろくて夜の白みはじめたのに気がつかなかったこともあるが、語学のほうは「御用！」とも「お縄頂戴」ともならないところがありがたい。若い時ならもっと手際よく学べたかもしれないのに、五十歳を過ぎてからではたぶん数倍の時間と労力がかかっているに違いない。

ただ、心の中ではひそかにこうも思う。若い時はまだ日本語の文脈がしっかりしてはいない。五十歳を過ぎれば日本語はほぼマスターしたと言っていいだろう。それからゆっくり〈外国語への旅〉に出かけても遅くはない。

外国語を習うことは母国語の問題でもあるのだ。外国語はぺらぺらなのに、日本語のほうはなんともたどたどしいという若者も多い。

ウッソー、カワイイ、ぐらいの語彙ですませていると翻訳のときなんかお手あげだ。なにごとであれ、何かを始めようと思うとき、遅過ぎるということはない、などなど。

おなじく韓国の諺に、

「始まりが半分」

というのがある。何かをやろうと意志したとき、事の半分かたは既に達成したようなものだという意味。このおおらかさもいたく気に入っている。「九割がた出来ても出来たと思うな」式の日本の几帳面さとはだいぶ違う。

ようである。

「始まりが半分」だとしても、後の半分が大変だと言えるかもしれないが、ものは考えようである。

私がハングルを習った金裕鴻《キムユーホン》先生は、最初にこの諺を教えてくださった。前途茫々あてどなしが救われる思いだった。

語学コンプレックスにはたいていの人が侵されていて、「駄目！　駄目！」と思いこんでいる人が多い。私もごたぶんに洩れず語学は駄目と思いこんできた。

女学生時代は戦時中のこととて、英語は敵性言語、どうでもよろしいみたいに実にいい加減な教えられかたをしてきた。英語は全然駄目で、そのコンプレックスは今に至るまで尾をひいている。

ハングルもいつ挫折するかわからないので、こっそり始めたのだが、教えて下さった金《キム》先生がすばらしい方で、その情熱的な教授法にひきずられ、気づいたときにはおもしろくて止められなくなっていたのである。

「語学とは、師のこととみつけたり」であった。

ひとつの発見は、自分の頭のなかに、未知の休耕田があったということだった。自分のことは大体すべてわかっているつもりだったのに。

耕しかた次第で、沃野とまではいかないまでも、何かが実るたんぼがあったということである。

語学に限らず、いろんな可能性を秘めた田が、まだまだ眠りほうけているのかもしれない。この年になって、こういう自己発見をできたのがうれしかった。

もうひとつうれしいのは、韓国へ行って、まがりなりにも会話をたのしむことができることだった。言葉を通して、隣国びとの性格や心理の襞、文化ショックを受けたりするのは、またひとつの新しい世界がひらけてくることでもあった。

こちらの会話能力が子供なみということもあるが、子供たちと話すのが何よりたのしい。

「犬の名前はなんて言うの？」「どこの学校？」「何年生？」そんな質問に的確な答が返ってくるとき、「ああ、通じた、通じた」と欣喜雀躍、子供は率直だから発音が悪ければ通じず答えてはもらえない。

もちろん、やればやるほど奥深くて、とんでもないところへ迷いこんだ気分にさせられることもあるが、詩がなんとか訳せたり、友人たちと一緒に小説を翻訳し終えたときなど、他者から与えられる受身の娯楽などとは段ちがいの、深いよろこびが湧いてくる。

今頃こんなよろこびを味わったりしているのは、若い頃なにをやっていたんだか……怠けてばかりいた証拠のようでもある。若い時、怠けていたのは、でもそんなに悪いことじゃないのかもしれない。やりたい余力がまだ十分残されていたのだから。

生涯に使いきるエネルギーが有限であるのなら、若い時、全力投球しないほうがいいのかもしれない。

つい最近知った、ロシアの古い諺に、

「百年生きて、百年学んで、馬鹿のまま死ぬ」

というのがある。

それはそうでしょうねえ。深い真実をついていて、この諺も思い出すたびに、はればれとおおらかな気分にさせてくれる。

ものに会う　ひとに会う

ソウル

ソウルの仁寺洞《インサドン》は骨董屋街として知られているが、取り澄ましたところがなく、いたってきさくな店々が軒を並べている。

この通りを歩いているとき、ピカッと光る店を一軒みつけた。金属工芸の店である。だから光っていたというわけではない。いいものは探さなくても向うから働きかけてくるという経験は今までにも沢山あって、ウインドウの飾りつけを見ただけで「これは！」という予感がして「阿園工房《アウオンコンバン》」と書かれた扉を押して、吸いよせられるように入っていった。

銅細工が多いが、骨董品ではなく、ニュークラフトといっていい作品が並べられている。ところ狭しと並べられている銅製品が、お互いに殺しあわず、むしろ相乗作用を果し、ささやきかわしているような、しっくりとした空間を形づくっている。

燭台が多かったが、その一つに目が釘づけになった。直径八センチばかりの花型の燭台。直径四センチほどの蠟燭がすっくと立ち、蠟なんかいくら垂れても平気という安定感がある。蠟燭を抜いてみると心棒は五センチほどの長さ、がっちりとしている。大きな蠟燭を立てる燭台にはなかなかいいものがないのだ。これは絶対買わなければならない。日本円に直して約二千円ぐらい。

戦中派の私はまた、停電世代とも言え、若い頃にはなにかと言えば停電になった。そしてまた空襲時には暗幕をひいて電気を消し、小さな蠟燭の灯の下でごそごそ動いていた。そのせいかどうか、およそ停電などなくなった今も、部屋の一隅に燭台がないと落ちつかない。各部屋に燭台がある。

昔ながらの蠟燭の灯は、ひとを落ちつかせる何かがあるようで、レストランでも夕食時には電気を消し、蠟燭の灯りだけで食べさせる店も多い。

それでなにかと燭台には関心が深かったのだが、デザインはともかく実用の具としては「はなはだ遺憾」という感想を常日頃持っていた。蠟燭がまっすぐ立たない燭台のなんと多いことか。この阿園工房で初めて、実用と良きデザインの合致した心にかなう燭台にめぐりあえたおもいがした。

買物をしてからも、いささか興奮しつつあれこれ眺めていると、店番の娘さんが「お茶でもどうぞ……」と、コの字型に奥まった一隅に誘ってくれた。

「ちょうど今、お坊様《スニム》がお茶を持ってきてくれたから」

と、湯ざまし器も使って本格的に煎茶を出してくれた。見ていると、僧、尼僧の出入りも多い。

「寺院と何か関係があるのですか？」

と聞くと、

「注文を受けて燭台をつくったりもするけれど、特に関係はない」

という。三人づれの奥さんたちが入ってきて、彫金の指輪やペンダントなど見て、お茶を飲んで、しばし談笑して帰ってゆく。

この小さな一隅は、ソウルに来たらちょっと立ち寄って休んでゆきたい泉……といった雰囲気を漂わせているのだった。

私のような一見《いちげん》の客、なじみ客、だべってだけ行く客、雑多な人々をたった一人でさばいているのは盧仁貞《ノインジョン》という娘さんだった。

立てこんできても取りのぼせたりもせず、物静かで、ひとを包みこむようなやさしさがあり、売らんかなのところが少しもない。

若いのに不思議な女性もいるものだ。さっきから聞きたかったことを尋ねてみる。

「この銅製品はどなたが作っているのですか？」

「私の姉です」

「ええ？　女性？」

なんでもソウルの郊外に工房を持ち、そこで暮しているという。この燭台の作者にぜひとも会ってみたくなり、地図を書いてもらって、日を改めて訪ねてみることにした。ソウルの郊外と言っても、ソウルの東、楊平郡《ヤンピョン》というところで、車で一時間半ほどかかる。漢江の上流の南漢江沿いの道で、たっぷりの水量の大河は流れているとも見えないゆるやかさ。時に入江のように陸に入りこみ、またほぐれ、河の中ほどにはいくつもの浮洲が点在し、芽ぶきはじめの柳がゆれて、ほとんど南画の世界である。

風景に見とれているうちに道に迷い、うろうろ二時間以上もかかって、ようやくめざす느티나무마을《ヌティナムマウル》（けやき村）に辿りついた。けやきの木が多いというわけではなく、目じるしになるけやきの大木が一本あり、正式の地名ではないらしい。けれどけやきの村というのが一番ふさわしいような静かな山村である。

小高い山をあえぎあえぎ登って行くと、中腹を切りひらいた盧《ノ》さんの工房がみえた。盧仁阿《ノイナ》さんは三十三歳だそうだが、二十代にもみえるうら若く清楚なひとで、勝手に逞しい中年女性を想像して行ったので、めんくらってしまったのだが、気持よく工房を案内して下さった。

住宅に隣接した工房では、青年の助手二人が銅板をとんとん叩いている。日本ではた

しか「打ち出し」という技法だと思うが、こちらでは何と言うかを尋ねてみると、「두들김《トウドウルギム》」という答が返ってきた。やたらめったら打ち叩くのが두들기다《トウドウルギダ》だから、その名詞化である。どうも打ち叩く擬音からきているような気がしてならない。華奢《きゃしゃ》な盧さんが重そうな金槌で、一枚の銅板をやたらめったら打ち叩いて形を作っているのは、ちょっと痛々しいぐらいの眺めである。

ガスバーナーによる溶接もあって、打ち出しと溶接だけで大半のものは作りあげてしまうらしい。朝九時から夜七時までの仕事だそうだが、この工房にはなぜか清新の気が溢れている。

オンドルのほのかに暖かい盧さんの部屋で、いろいろ話を伺った。公州《コンジュ》大学の美術科卒で、はじめは絵を描いていたのだが、金属工芸をやっている先生がいて、それが面白くて、二十五歳の時こちらに転じたという。すると約八年のキャリアである。気がついたら三十三歳になっていた。そしてまだ独身。静かな田舎に工房を持つのが夢だったが、昨年やっとその願いがかなえられたのだと。

公州は百済の故地で、百済の美術工芸が持っていたなんとも言えない優美な線を盧さんの作品にも感じてしまう。それを口にすると彼女は肯定も否定もしなかった。公州は育ったところで、生まれは京畿道《キョンギド》、古いものも見ることは見るが、今作っているのはすべて創作だと言う。

古代からの金工文化の伝統が、盧さんという若い女性によって、新しくまた生まれ変ろうとしているように見えるのは、私が異国人のせいなのだろうか。

なにげなく置かれた木の椅子、壁面に墨で大胆不敵に描かれた絵、みないい感覚だが、それらは友人たちの作品だと聞いて、盧さんのような若者がこの国にまだいっぱい居ることが実感された。

ソウルの仁寺洞の店で、銅製品を買ってくれるのはヨーロッパ人と日本人が多く、アメリカ人はほとんど買わないという話もおもしろかった。大量生産には応じられず、こつこつ作ったものを妹の店に置き、それで暮しは十分成り立つという。

もう夕暮になっていた。ここではさぞかし星もきれいに見えるだろう。さえぎるものとてない空。

百坪あまりの住宅兼工房には、余分の部屋もなく、二人の青年助手はたぶん夜は帰るのだろう。廻りには人家一軒もない山のなか。

「夜なんかさびしくありません？」

と聞くと、

「ちっとも」

という答が返ってきた。「強いんですね」とおもわず呟いてしまった。強そうな犬が三匹よく吠えていたし、それ以上にやかましく二羽の家鴨《あひる》ががなりたてていた。

この家鴨は朝、盧さんの部屋の戸を外から嘴でコンコン叩き「起きろ、起きろ」の猛烈モーニングコールをやるそうである。

心が賑やかで、充実している人は、環境のさびしさなんかたしかに物の数ではないのかもしれない。

これを書いている今、電燈を消して、買ってきた燭台に火を点じてみる。炎をみつめていると、盧姉妹のたたずまいが手の届きそうな近さでよみがえってくる。蠟燭に書かれているハングルは、古い詩か、僧の言葉かわからないけれど、こんなふうに読める。

青山は私を見て無言で　生きろという
蒼空は私を見てさりげなく　生きろという
むさぼる心を捨て　怒りからも解脱して
水のように　風のように　生きてゆけと

全州《チョンジュ》

ソウルからバスで三時間。

全羅北道の全州《チョンジュ》は、ピビンバプ（まぜごはん）がおいしいことで有名である。日本人はビビンバアなどとだらしない発音をするが、日本で食べるそれは具も乏しく、あれがピビンバプと言われちゃ困ると思うほど全州のそれは豪華美味である。

全州は食べもののおいしいところとして知られているが、その理由は昔から湖南《ホナム》地方と呼ばれる穀倉地帯で、食べものにけちけちしなかったからだろうと言われる。湖もないのになぜ湖南か？　という私の質問に、ある韓国人があまり自信はなさそうに答えてくれた。

「たぶん、田に水が張られる頃、月光にきらきら輝くたんぼが湖のように見えたんでしょう」

全州のピビンバプは御飯の上にたっぷりの肉と、もやし、にら、ぜんまいなど二十種類のナムル（野菜の和えもの）、卵などが載っていて、それに唐がらし味噌を加え、豪快にかきまぜ、スプーンで押しつぶすようにして食べる。

日本人の食べかたは、ちらしずしを食べるときのように具はそのままに端からきれいにかたづけてゆくが、そんな食べかたじゃピビンバプにならないと言われる。

こちらの人はライスカレーを食べるときもぐちゃぐちゃにかきまぜて食べる。よほどこね合せるのが好きらしい。

全州のピビンバプのもう一つの特徴は、うっかり触れたらやけどしそうな熱い石鉢に入って出てくることである。いったん熱したらなかなか冷めにくい石の性質をたくみに利用していて、最後までなんとも言えないあたたかさで食べ終る。しかも底にはかすかなおこげまで出来ていておいしい。

調理場を見せてもらったが、強力な焔がふきあがるガスレンジの上に、十以上の石鉢が並んでいるさまは壮観であった。

石の文化と言っていいほど、石仏、石塔、石燈、石塀などの目立つ国だが、昔から石の性質を熟知し我がものとしてきた人々であったわけだ。居間や応接間に石のコレクションを飾った家も何軒か見たし、石への憧憬にはなみなみならぬものを感じる。

話は飛ぶが、飛鳥に酒船石と呼ばれる巨石があり、これが何に使われたのか未だに定説がなく謎とされている。酒つくりにでも使われたのだろうということで酒船石と名づけられている。いつか半島の南、楽安《ナガン》という小さな村を訪れたときアッ！　と思ったことがある。

川の流れの段差のあるところに、この酒船石にそっくりな幾何学模様の巨石が斜めに立てかけられ、その上をそうそうと川水が流れている。女が一人そこで洗濯をしていた。石鹸のなかった時代、石に彫られた幾つかの溝はまたとない洗濯板の役目を果したのではなかったか？　洗濯機の登場した今でさえ、彼女は伝統的洗濯法に従っていた。

飛鳥に石の文化をもたらした渡来系の人々が、長い歳月のあいだに奈良や京都へと去り、打ちすてられた洗濯板はやがて皆から忘れられていった。でもなぜあんな丘の上に？　当時はあそこに渓流があったのだ……そんな空想をかきたてられたことがある。ほかにも何に使ったのかわからない石造物が沢山あり、飛鳥原住民にとって石の文化はやはり異文化めくものだったのかもしれない。でなければ記憶がこんなふうに欠落してゆく筈がないではないか。

石鉢のなかのピビンバプをこねまぜていたら、暮しのなかで今も息づいている石の文化をひしひしと感じ、私たちのついに知らなかった、石の食器の生まれるところを見たくなってしまった。

人口四十万人の全州市は、全羅北道の物産集散地でもあり、街にはいくつかの工芸店がある。石鉢、石鍋の並べられた新光工芸社という店に入って、これらの石器はどこで作られているかを尋ねた。

全州市から六十キロも離れた長水郡《チャンスグン》で採れる石だという。採石場を見ても仕方がない。石を加工しているところは？　と更に尋ねるとようやく返事が返ってきた。全州の街はずれに工場があるが、探し出せないだろうから私が車に乗せていってあげると、朴《パク》社長みずから運転してくれた。

三十分も走った全州の街はずれに「現代事業社」という大きな工場があった。敷地いっぱい岩石の山である。

この石は곱돌《コプトオル》と言う。辞書を引くと滑石・蠟石と出てくる。石としては柔かいほうなのだろう。許《ホ》社長の話では、李朝時代から始まったということだが、すでに新羅時代、慶州石窟庵《キョンジュソククラム》の如来坐像に見られるように石を削ることにかけては天才的手腕を持っていた人々だから、石板の上で肉を焼くぐらいのことは紀元前から知っていたんじゃないだろうか？　という思いがチラと頭を掠める。

昔は手彫りで、こつこつ彫り抜いてゆき、主に李朝の王室に納められ、また中国への大事な献上品としても使われたという。

　高熱に耐え、使っているうちに鉄かと思うほど強くなり、漢方薬を煎じるにもよく、탕《タン》（汁もの）など骨まで柔かになり、ロース焼きも絶品。大事に扱えば百年くらいの寿命を保つ。使用年数が長いこと、石から出る成分がからだにいいことから、昔はこの石の採れるところを長寿郡《チャンスグン》と言ったが、音は同じでも今は長水郡《チャンスグン》と変った。この石からどんな成分が抽出されるのか、それはよくわからなかったが、ソウル大学で分析してもらって証明済みと許社長は胸を張った。

　社長の話はいいことずくめだったが、その客観性はともかくとしても、大昔から人間が使ってきた自然のものは危なげがない。それは皆が本能的に知っていることである。

　工場のなかを見せてもらった。

　石切り場は、もうもうと石の細粉が霞をなして、いくら良い成分が入っている石とはいっても思わず鼻を掩《おお》わずにはいられなかった。働いている人たちはマスクをしたり、していなかったり。石切り、型抜き、今はすべて機械化されているが、形は古型を保っている。

　蓋つきの솥《ソッ》（釜）は、日本のそれに比べると押しつぶしたような平べったい形で、釜に限らず容器の形が日本の造型とは微妙に異なり、それがまたえもいわれぬ風合いを感じさせてくれる。この石釜で炊いた御飯の味を知っている人は、もはや他の釜で炊いた御飯は食べられないくらいおいしいそうである。

　된장찌개《ティーンジャンチゲ》（味噌鍋）の一人前用の石器やら、焙烙《ほうろく》やら、倉庫にはこのふっくらと美しい石の製品が山積みである。角度を変えてみれば、石鉢や石鍋など、花器にもふさわしいだろう。水を張って、摘花した余分の花を浮かべてもぴったりきそうである。

　馬上盃というべきかワイングラスと言うべきか、石で出来た盃もあり、これで呑むお酒はさぞ冷え冷えとおいしいだろうと思う。完成品を運んできたおじいさんに年を聞くと六十六歳と答えた。

「健康に注意なさって、元気に働いて下さい」

　韓国語で最大級の敬語で言ったのだが、こちらの言葉が通じたのか通じなかったのか、悠然たるほほえみだけが返ってきた。

　これらの製品は主に、香港、台北に輸出して喜ばれているという。中国系の人々が一番その良さを認識しているのかもしれない。

許社長が自信満々見せてくれたのが、底は石、まわりはアルミニウムという合成の鍋で、耐熱ガラスの蓋がついている。石の良さを残し、かつ軽いものをという意欲のあらわれとも見える。

石鍋や焙烙など一つ買って帰りたいと思うものの道中のことを考えると、石の重さについ二の足をふんでしまう。そういう石の弱点を克服したいのだろう。ただ私の好みから言えば、いくら持ちおもりがしても昔ながらの部厚い石だけの製品のほうに心惹かれる。

もう一つ目を引いたのは、子供や若者の野外でのバーベキュー用に作られた丸型の石板だった。それにはラケットをくるむような布製の袋までついていて、ペアになっている。遠足やキャンプの時ぶらさげていって楽しむのだろう。石工文化もまた、新たに現代に生きる道を模索しているのだった。

これらの製品は、全州まで来なければ買えないのかと尋ねてみると、ソウルの東大門市場、南大門市場にも卸しているという。

帰りがてら、もう一度工場を振りかえってみる。荒涼たる岩石の山。

この石の中から、あのまろやかで、あたたかみのある形を採り出してきた発想、ずっと受けついできた手仕事、遠く遥かな人々のことを、憶《おも》わないわけにはいかなかった。

南原《ナモン》

南原市へ向う。

全州市から一時間弱。道ぞいに柳の並木が連なり、さっさっと風に吹かれているさまは隣国ならではの風景である。都市に緑や街路樹が少なく、地方に行けば行くほど街道ぞいに、ポプラ、柳、すずかけの並木が美しくなってくる。

ちょうど、れんぎょう（ケナリ）が真盛りで、ゆで卵の黄味を裏漉しして惜しげもなくふりかけたような鮮かさ。遠くから見ると、土が供してくれる年に一度のミモザサラダのようにも見える。

低い峠を越えるとき、春香峠という看板が目に入った。南原は「春香伝」の舞台となったところである。春香伝《しゅんこうでん》と読みたいところだが、春香伝《チュニャンジョン》と読まなければならない。

パンソリという語りものになり、オペラになり、舞台になり、映画になり、物語はこれ一つか？ と思われるほど、人々に愛されている話である。身分違いの恋の成就、春香の貞操観念の強さ、この二つが物語のポイントのようだ。

버선밭《ポソンパッ》（足袋畠）というところもあり、ソウルへ発つ恋人を泣く泣く見送った春香が、別離の哀しさきわまって、足袋を脱いで抛り投げ、それはたちまち足袋の形をした、小

さな畠になったというのである。

この国では、女が素足を見せることは慎しみのないこととされ、現在でも夏、ソックスを穿いている女性が多く、躾《しつけ》のきびしい家では、兄の前でさえ素足を見せることはないという。儒教から来たものかもしれないが、また特別、足にエロティシズムを感じるのかもしれず、そういう美意識は中国とも共通のような気がする。「素足に下駄」に粋《いき》を感じてきた私たちとはずいぶん違う。

春香が足袋を脱いで投げたのは、相許した仲という表明だったのだろう。もともと語り伝えられた原話があったのかもしれず、長い間かかって民衆が更に作りあげていった説話なのかもしれない。ただ春香があまりにも理想の女性として神聖視されているのを見ると、かえって逆に、いかに貞節を保ちがたいお国柄だったか？　とも思われてくる。

南原は春香で持っているような街だった。れんぎょうやつつじの咲きこぼれる頃、春香峠を越えるのはわるくなかった。けれど南原を訪れたのは、春香の跡を辿るためではなかった。

南原のもう一つの特産——木工品を見たかったのである。

街はずれの大林工芸社《テエリムコンエサ》を訪ねてみる。数年前訪れた時には、ここで膳、盆、木盤などさまざまなものを作っていたのだが、今は手狭になって大半は新工場の方に移ったという。

ここでは主に祭器《チエギ》を作っていた。高坏《たかつき》に似た形。祖先の法要に菓子や果物をこんもりと盛って捧げる供物用である。

木を挽き、面取りをし、ろくろで形づくってゆく工程は、どこの国の木地師とも共通のようだったが、韓国には韓国独特の方法があるのかもしれない。本職の人が見れば一目でわかるだろうが、素人目には同じように見える。堆《うずたか》く積まれた祭器の山は、需要の多さをしのばせてくれたが、この祭器にもおのずから上等品、下等品があって、どんな祭器を使って法要するかがその家の格づけにもなるらしい。

ここの祭器は、栗の木、ヤシャを使っている。ヤシャは、かつて日本人がつけた名だと言うから、たぶんヤシャブシ（夜叉五倍子）というカバノキ科の木ではないだろうか。

膳を作っているという新工場のほうも見学したくなって、また車で四十分ばかり、山々の方角へ向う。

そこはちょうど全羅北道《チヨルラブクト》・全羅南道《チヨルラナムド》の、道境に近い引月《インウオル》という村だった。めざす工場は「大林工芸智異山《チリサン》工場」と書かれている。

ああ、智異山のふもとであったか！　はるばると来たものだ。智異山は国立公園で、深い山岳地帯であり、その北麓に辿りついたわけである。ここまで来て、ようやくわかった。「木工は南原」と皆が言うわけが。

木を伐り出し、乾かし、細工するのにもっとも近い町が南原だったわけである。たと

えば外国人が、

「飛騨や信州は、なぜ木工が盛んなのですか？」

と質問してきたら、

「山々が深く、木が多かったからでしょう」

と答えるしかない。まったく自然で、変哲もない理由なわけで、

「なぜ南原で木工が発達したのですか？」

という質問を私はぐっと飲みこんだ。

智異山工場は、昨年新しく出来たのだそうで、膳や盆の需要もまた大きいのだろう。明るい工場は流れ作業になっていて、膳を組み立てる者、トノコ（砥粉）を塗る者、五回の漆塗り、乾燥室、水とサンドペーパーによる磨き、すべて分業でL字型の工場を順序よく流れている。

木はアカマツやハリギリ、横桟にはクヌギやドングリの木も使う。一番上等な膳は銀杏の木で作ると聞いたことがあるが、은행《ウネン》（銀杏）の名は出てこなかった。膳は一人用から、二人用、四人用、六人用、八人用と偶数で増えてゆき、形も十五種類ぐらいあり、ほとんど古型を保っている。

韓国の一般家庭でも、座卓や椅子テーブルで食事することが多くなったように見えるのだが、まだまだ膳の活躍する舞台はあると見える。日本でも私の子供の頃までは、祖

母の家など皆がそれぞれ自分用の膳で食べていたものだが、今ではもう、温泉宿での宴会の時ぐらいしかお目にかかれなくなってしまった。漆は栗いろ一色だが、옻칠《オッチル》（本漆）は高価になるので使っておらず、もっぱらカシューー系塗料である。日本に漆を買いつけに来た韓国人を案内した友人の話を聞いたことがあるが、輸入品であれば高くつくことになるだろう。もともと漆の木が少ないのかもしれない。

日本の漆器工芸の水準は高く、日本産の漆の質もいいのだが、全体の一パーセントぐらいしか使えず、大半は中国、台湾、タイなどからの輸入に頼っているらしい。本漆の品格に比べると、カシュー系塗料は劣るけれど、黒や朱ではなく栗いろであることで、その感触はやや救われている。熱に強いということもあるだろうし、ふだん使いの膳としては、それなりの利点もあるだろう。

賄いのおばさんが、

「식사예요《シクサエヨ》！　식사《シクサー》！（食事よ！　食事！）」

と大声で呼ばわると、二十人くらいの職人が、三々五々集ってくる。ちょうどお昼どきになっていた。チラと食堂を見ると、大きなテーブルに椅子だった。膳を作りながら、膳では食べていないところがおかしかった。

事務室で、インスタントコーヒーを御馳走になりながら、また少し話を聞いていると、寡黙で実直そうな工場長がポツンと言った。

「昔はみんな山の中で仕事をしたものです」

昔とはいつ頃のことだろうか、工場長の祖父の時代だろうか、もっと前のことだろうか。

山のなかに小屋がけをして、山の霊気のなかで黙々と仕事をした人々の姿が、ふっと眼前をよぎる。

柳宗悦の先導をなしたと言われる、林業技師の浅川巧は、民家でふだん使っている膳の美しさに目を奪われ、『朝鮮の膳』（一九二九年）というすぐれた研究を残している。浅川巧が魅せられた頃の膳は、山のなかでの仕事だったのだろうか、そして本漆が塗られていたのだろうか、その頃すでに彼は、漆田の育成を提案しているのだが。

工場長がまたポツンと言った。

「うちの商標はむくげ（ムグンファ）です」

机の上に置かれた八角形の木盤をそっとひっくりかえしてみると、なるほど底に、小さなムグンファが一輪、化学うるしの下で、ぼうと咲いていた。

初出一覧

詩集『人名詩集』一九七一年五月、山梨シルクセンター出版部刊行。／二〇〇二年六月、童話屋より新装版刊行。

握手（「ぴえろた1」一九六九・十一）／スペイン（「櫂18」一九六九・七）／わたしの叔父さん（書下し）／浄光寺（書下し）／四月のうた（「いずみ」一九七〇・四）／くりかえしのうた（書下し）／大国屋洋服店（「ユリイカ」一九七〇・九）／見知らぬ人（「婦人の友しんぶん」一九七〇・六）兄弟（「いずみ」一九六五・十）／王様の耳（書下し）／吹抜保（書下し）／箸（「櫂19」一九七二・二）／居酒屋にて（書下し）／売れないカレンダー（書下し）／知（書下し）／トラの子（書下し）／古譚（書下し）

詩集『自分の感受性くらい』一九七七年三月、花神社刊行。

詩集と刺繍（「いささか2」一九七五・一）／癖（「いささか1」一九七四・六）自分の感受性くらい（「いささか2」一九七五・一）／存在の哀れ（「婦人之友」一九七三・六）／知命（「新潮」一九七六・八）／青年（「早稲田文学」一九七二・四）／青梅街道（「いささか3」一九七五・十二）／二人の左官屋（書下し）／夏の声（「いささか1」一九七四・六）／廃屋（「復刊四季11」一九七一・九）／孤独（「ユリイカ」一九七一・六）／友人（「ユリイカ」一九七一・六）／底なし柄杓（「ユリイカ・現代詩の実験」一九七五・十二）／波の音（書下し）／顔（「草月77」一九七一・八）／系図（「ユリイカ」一九七三・五）／木の実（「本の手帖12」一九七五・一）／四海波静（「ユリイカ・現代詩の実験」一九七五・十二）／殴る（「風景」一九六九・十）／鍵（「現代詩手帖」一九七三・一）

詩集『寸志』一九八二年十二月、花神社刊行。

子供時代（書下し）／高松塚（「地下鉄のオルフェ」一九八一・四）／幾千年（書下し）／問い（書下し）／落ちこぼれ（書下し）／おおとら（書下し）／道しるべ（書下し）／冷えたビール（書下し）／笑って（「ユリイカ・現代詩の実験」一九八〇・十一）／この失敗にもかかわらず（書下し）／花ゲリラ（「花神」一九八一・一）／聴く力（「いしゅたる1」一九八二・十）／聞き星（書下し）／言葉の化学（書下し）／訪問（書下し）／賑々しきなかの（書下し）／寸志（「ユリイカ・現代詩の実験」一九七八・十）／隣国語の森（書下し）

金子光晴——その言葉たち／「ユリイカ」一九七二年五月。／『言の葉さやげ』一九七五年十一月、花神社刊に収録。

最晩年／「現代詩手帖」（追悼特集・金子光晴）一九七五年九月。

山本安英の花／「婦人之友」一九七五年三月。／『一本の茎の上に』一九九四年十一月、筑摩書房刊に収録。

花一輪といえども／「悲劇喜劇」一九七九年五月。／『一本の茎の上に』一九九四年十一月、筑摩書房刊に収録。

谷川俊太郎の詩／「現代詩手帖」一九七三年六月。／『言の葉さやげ』一九七五年十一月、花神社刊に収録。

祝婚歌／「花神ブックス2吉野弘」一九八六年五月。／『一本の茎の上に』一九九四年十一月、筑摩書房刊に収録。

驚かされること／『大岡信著作集第一巻』（月報）一九七七年六月、青土社刊。

机が似合わない／『新選川崎洋詩集』（詩人論）一九八七年二月、思潮社刊。

井伏鱒二の詩／「ポリタイヤ12」一九七一年十一月。／『言の葉さやげ』一九七五年十一月、花神社刊に収録。

散文／「国語通信」一九八一年七月。／『一本の茎の上に』一九九四年五月、筑摩書房刊に収録。

東北弁／『言の葉さやげ』一九七五年十一月、花神社刊に書き下し。

百年目／『米朝落語全集第四巻』（月報）一九八一年七月、創元社刊。

清談について／『講座おんな6・そしておんなは……』一九七三年七月、筑摩書房刊に書き下した「女がつかう言葉」の一部。／『言の葉さやげ』一九七五年十一月、花神社刊に収録。

「戒語」と「愛語」／『講座おんな6・そしておんなは……』一九七三年七月、筑摩書房刊に書き下した「女がつかう言葉」の一部。／『言の葉さやげ』一九七五年十一月、花神社刊に収録。

美しい言葉とは／「図書」一九七〇年三月。／『言の葉さやげ』一九七五年十一月、花神社刊に収録。

おいてけぼり／「ハイファッション」一九七六年十二月。／『一本の茎の上に』一九九四年十一月、筑摩書房刊に収録。

いちど視たもの／『女性と天皇制』一九七九年七月、思想の科学社刊。

ハングルへの旅より　**扶余の雀　動機　師**／『ハングルへの旅』一九八六年六月、朝日新聞社刊。

晩学の泥棒／「明日の友」一九八六年夏。／『一本の茎の上に』一九九四年十一月、筑摩書房刊に収録。

ものに会う　ひとに会う／「別冊太陽」一九八七年七月。／『一本の茎の上に』一九九四年十一月、筑摩書房刊に収録。

茨木のり子著作目録

一九五五年『対話』(不知火社、二〇〇一年、童話屋より新装版)
一九五八年『見えない配達夫』(飯塚書店、二〇〇一年、童話屋より新装版)
一九六五年『鎮魂歌』(思潮社、二〇〇二年、童話屋より新装版)
一九六七年『うたの心に生きた人々』(さ・え・ら書房、一九九四年、「ちくま文庫」)
一九六九年『茨木のり子詩集』〈現代詩文庫20〉(思潮社)
〃『おとらぎつね』〈愛知県民話集〉(さ・え・ら書房)
一九七一年『人名詩集』(山梨シルクセンター出版部、二〇〇二年、童話屋より新装版)
一九七五年『言の葉さやげ』(花神社)
一九七七年『自分の感受性くらい』(花神社)
一九七九年『詩のこころを読む』(岩波ジュニア新書)
一九八二年『寸志』(花神社)
一九八三年『現代の詩人7 茨木のり子』(中央公論社)
一九八五年『花神ブックス1 茨木のり子』(花神社、一九九六年、増補版)
一九八六年『ハングルへの旅』(朝日新聞社、一九八九年、「朝日文庫」)
〃『うかれがらす』〈金善慶童話集・翻訳〉(筑摩書房)
一九九〇年『韓国現代詩選』〈編訳〉(花神社)
一九九二年『食卓に珈琲の匂い流れ』(花神社)
一九九四年『おんなのことば』(童話屋)
〃『一本の茎の上に』(筑摩書房、二〇〇九年、「ちくま文庫」)
一九九九年『貘さんがゆく』(童話屋)

〃　『個人のたたかい——金子光晴の詩と真実』（童話屋）
〃　『倚りかからず』（筑摩書房、二〇〇七年、「ちくま文庫」）
二〇〇二年『茨木のり子集 言の葉』1〜3（筑摩書房）
二〇〇四年『落ちこぼれ』（理論社）
〃　『言葉が通じてこそ、友だちになれる』〈金裕鴻と対談〉（筑摩書房）
二〇〇六年『思索の淵にて』〈長谷川宏と共著〉（近代出版）
〃　『貝の子プチキュー』（福音館書店）
二〇〇七年『歳月』（花神社）
二〇〇八年『女がひとり頬杖をついて』（童話屋）

本書は二〇〇二年九月、筑摩書房より刊行された。

わたしは驢馬に乗って下着をうりにゆきたい　鴨居羊子

新聞記者から下着デザイナーへ。斬新で夢のある下着を世に送り出し、下着ブームを巻き起こした女性起業家の悲喜こもごも。（近代ナリコ）

遠い朝の本たち　須賀敦子

一人の少女が成長する過程で出会い、愛しんだ文学作品の数々を、記憶に深く残る人びとの想い出とともに描くエッセイ。（末盛千枝子）

神も仏もありませぬ　佐野洋子

還暦……もう人生おりたかった。でも春のきざしの蕗の薹に感動する自分がいる。意味なく生きても人は幸せなのだ。第3回小林秀雄賞受賞。（長嶋康郎）

私はそうは思わない　佐野洋子

佐野洋子は過激だ。ふつうの人が思うようには思わない。大胆で意表をついたまっすぐな発言をする。だから読後が気持ちいい。（群ようこ）

色を奏でる　志村ふくみ・文　井上隆雄・写真

色と糸と織——それぞれに思いを深めて織り続ける染織家にして人間国宝の著者の、エッセイと鮮かな写真が織りなす豊醇な世界。オールカラー。

老いの楽しみ　沢村貞子

八十歳を過ぎ、女優引退を決めた著者が、日々の思いを綴る。齢にさからわず、「なみ」に、気楽に、と過ごす時間に楽しみを見出す。（山崎洋子）

おいしいおはなし　高峰秀子編

向田邦子、幸田文、山田風太郎……著名人23人の美味な思い出。文学や芸術にも造詣が深かった往年の大女優・高峰秀子が厳選した珠玉のアンソロジー。

パンツの面目ふんどしの沽券　米原万里

キリストの下着はパンツか腰巻か？　幼い日にめばえた疑問を手がかりに、人類史上の謎に挑んだ、抱腹絶倒&禁断のエッセイ。（井上章一）

新版　いっぱしの女　氷室冴子

時を経てなお生きる言葉のひとつひとつが、呼吸を楽にしてくれる——。大人気小説家・氷室冴子の名作エッセイ、待望の復刊！（町田そのこ）

真似のできない女たち　山崎まどか

彼女たちの真似はできない、しかし決して「他人」でもない。シンガー、作家、デザイナー、女優……唯一無二で炎のような女性たちの人生を追う。

本屋、はじめました 増補版　辻山良雄

リブロ池袋本店のマネージャーだった著者が、自分の書店を開業するまでの全て。その後のことを文庫化にあたり書き下ろした。（若松英輔）

ガケ書房の頃 完全版　山下賢二

京都の個性派書店青春記。2004年の開店前からその後の展開まで。資金繰り、セレクトへの疑念など本音で綴る。帯文＝武田砂鉄（島田潤一郎）

わたしの小さな古本屋　田中美穂

会社を辞めた日、古本屋になることを決めた。倉敷の空気、古書がつなぐ人の縁、店の生きものたち……。女性店主が綴る蟲文庫の日々。（早川義夫）

ぼくは本屋のおやじさん　早川義夫

22年間の書店としての苦労と、お客さんとの交流。どこにもありそうで、ない書店。30年来のロングセラー！（大槻ケンヂ）

女子の古本屋　岡崎武志

女性店主の個性的な古書店が増えています。カフェを併設したり雑貨も置くなど、独自の品揃えで注目の各店を紹介。追加取材して文庫化。（近代ナリコ）

野呂邦暢 古本屋写真集　野呂邦暢　岡崎武志／古本屋ツアー・イン・ジャパン編

野呂邦暢が密かに撮りためた古本屋写真が存在する。2015年に書籍化された際、話題をさらった写真集が増補、再編集の上、奇跡の文庫化。

ボン書店の幻　内堀弘

1930年代、一人で活字を組み印刷し好きな本を刊行していた出版社があった。刊行人鳥羽茂と書物の舞台裏の物語を探る。（長谷川郁夫）

「本をつくる」という仕事　稲泉連

ミスをなくすための校閲。本の声である書体の制作。もちろん紙も必要だ。本を支えるプロに仕事の話を聞きにいく情熱のノンフィクション。（武田砂鉄）

あしたから出版社　島田潤一郎

青春の悩める日々、創業への道のり、編集・装丁・営業の裏話、忘れがたい人たち……「ひとり出版社」を営む著者による心打つエッセイ。（頭木弘樹）

ビブリオ漫画文庫　山田英生編

古書店、図書館など、本をテーマにした傑作漫画集。主な収録作家――水木しげる、永島慎二、松本零士、つげ義春、楳図かずお、諸星大二郎ら18人。

ぼくは散歩と雑学がすき　植草甚一

1970年、遠かったアメリカ。その風俗、映画、本、音楽から政治までをフレッシュな感性と膨大な知識、貪欲な好奇心で描き出す代表エッセイ集。

せどり男爵数奇譚　梶山季之

せどり＝掘り出し物の古書を安く買って高く転売することを業とすること。古書の世界に魅入られた人々を描く傑作ミステリー。（永江朗）

20ヵ国語ペラペラ　種田輝豊

30歳で「20ヵ国語」をマスターした著者が外国語の習得ノウハウを惜しみなく開陳した語学の名著であり、心を動かす青春記。（黒田龍之助）

ポケットに外国語を　黒田龍之助

言葉への異常な愛情で、外国語本来の面白さを伝えるエッセイ集。ついでに外国語学習が、もっと楽しくなるヒントもつまっている。（堀江敏幸）

英単語記憶術　岩田一男

単語を構成する語源を捉えることで、語の成り立ちを理解することを説き、丸暗記では得られない体系的な英単語習得を提案する50年前の名著復刊。

増補版 誤植読本　高橋輝次編著

本と誤植は切っても切れない⁉ 恥ずかしい打ち明け話や、校正をめぐるあれこれなど、作家たちが本音を語り出す。作品42篇収録。（堀江敏幸）

文章読本さん江　斎藤美奈子

「文章読本」の歴史は長い。百年にわたり文豪から一介のライターまでが書き綴った、この「文章読本」とは何ものか。第1回小林秀雄賞受賞の傑作評論。

読書からはじまる　長田弘

自分のために、次世代のために――。「本を読む」意味をいまだからこそ考えたい。人間の世界への愛に溢れた珠玉の読書エッセイ！（池澤春菜）

本は読めないものだから心配するな　管啓次郎

この世界に存在する膨大な本をめぐる読書論であり、ブックガイドであり、世界を知るための案内書。読めば、心の天気が変わる。（柴崎友香）

新版「読み」の整理学　外山滋比古

読み方には2種類ある。既知を読むアルファ読みと未知を読むベータ読み。『思考の整理学』の著者が現代人のための「読み」方の極意を伝授する。

ちくま文庫

茨木《いばらぎ》のり子集《こしゅう》 言《こと》の葉《は》 2

二〇一〇年九月 十 日 第一刷発行
二〇二五年四月二十日 第十二刷発行

著者 茨木のり子（いばらぎ・のりこ）
発行者 増田健史
発行所 株式会社 筑摩書房
東京都台東区蔵前二―五―三 〒一一一―八七五五
電話番号 〇三―五六八七―二六〇一（代表）
装幀者 安野光雅
印刷所 株式会社精興社
製本所 株式会社積信堂

ISBN978-4-480-42752-6 C0192